七　马
刘兔子
著

你和我，等于整个宇宙

A CASE OF UNIVERSAL LOVE

江苏凤凰文艺出版社
JIANGSU PHOENIX LITERATURE AND ART PUBLISHING, LTD

YOU ARE MY UNIVERSE

你 是 我 的 整 个 宇 宙

图书在版编目（CIP）数据

你和我，等于整个宇宙 / 七马，刘兔子著. -- 南京 : 江苏凤凰文艺出版社，2017.4

ISBN 978-7-5594-0066-6

Ⅰ. ①你… Ⅱ. ①七… Ⅲ②刘… Ⅲ. ①长篇小说－中国－当代 Ⅳ. ①I247.5

中国版本图书馆CIP数据核字(2017)第059581号

书　　名	你和我，等于整个宇宙
著　　者	七马 刘兔子
责任编辑	姚　丽
特约编辑	邓理　唐瑜
策划编辑	付　婷
封面设计	杨　平
封面插画	LOST7
内文设计	吴紫薇
出版发行	凤凰出版传媒股份有限公司 江苏凤凰文艺出版社
出版社地址	南京市中央路165号，邮编：210009
出版社网址	http://www.jswenyi.com
经　　销	凤凰出版传媒股份有限公司
印　　刷	北京盛通印刷股份有限公司
开　　本	710×1000毫米　1/32
印　　张	6
字　　数	140千字
版　　次	2017年4月第1版　2017年4月第1次印刷
标准书号	ISBN 978-7-5594-0066-6
定　　价	35.00元

目录

contents

Chapter / 01

刘兔子

是谁

刘兔子是谁

七马 | Mima |

刘兔子是我从北京大街上捡回来的芬兰人。他本是来中国做建筑师的，可现在除了做建筑师，还做了我的男人。

刚认识时，刘兔子曾说："你知道吗？中国人那么多，芬兰人那么少，你和我约会就像和大熊猫约会一样。"

他后来还事逼逼地跑到大使馆的朋友那里查了一下：整个北京只有三百个芬兰人。小国家真是好办事啊，这种无聊的问题大使馆也有人给他解答。

刘兔子为什么没叫刘熊猫呢？那是因为他们芬兰没有熊猫，只有兔子。刘兔子属兔，生日在六月，取笔名的时候他非要叫六兔子，我觉得太匪气，不够有文化，就强迫他改成了刘兔子。

遇到刘兔子前我离过婚，单身了好几年。三十多岁的女人一旦离了婚，好像全世界就只给你剩了当小三这一条路一样。身边的女性朋友一个个地接受了一份份不完整的爱，辗转在欢乐与痛苦里，而我却彻彻底底地享受了几年孤独时光。不是不怕孤独，我时常夜里一个人哭得枕头都湿透了。经历过这种孤独的人都知道，即使这个时候有朋友陪你，有家人陪你，但通通没用。Gay蜜、槐花蜜都没用，你需要的真的只是一个男人的肩膀。

那个冬天我过生日的时候，好友非逼着我去算命。我本就是不太相信这些的，当天凑巧好友预约的限量级大师还突然闭门谢客。我建议我们两个女人一起去吃顿好的，喝点小酒，再微醺地回家。可好友实在看不下去我这样继续独身，就在雍和宫街边随便找了一家最为可疑的“算命取名”走了进去。好友大方，一下子付给大师的助理五百元人民币，然后大师就在五百元人民币面前出现了。大师好像刚吃过饺子，说话的时候迎面扑来一股醋和蒜的味道。这位女大师是个正宗眉歪眼斜的大姐，眼神总是聚焦在房顶右上角。我特别怀疑她根本就没看我。

大师：“要问姻缘，再给三百。你这姻缘费钱！”朋友又要掏钱，被我一把按住。

我：“就算五百的吧。”

大师：“那我可不能都告诉你。”

我：“随便说点吧，先说五百块钱的就行。”

大师：“下个月，从远方，很冷的国度，来一个大胡子男人……再加三百！”

我实在不想听了，转头对好友说：“这个我知道。这个月是十一月，下个月是十二月。大胡子，从很冷的远方来。听这意思，我要再婚，一定是圣诞老人不可。”

好友一口茶喷在大师的脸上。我们俩手拉着手逃出来，笑了一整条雍和宫大街。那天晚上和朋友们吃饭满满的都是欢笑，可回到只有一个人的家，我号啕大哭。

我从没想过要找个外国人。十二月，刘兔子从遥远而寒冷的芬兰到北京来出差。他有大胡子，还是从圣诞老人的故乡来。等了那么多年，我的圣诞老人终于来了。

我现在生刘兔子的气的时候就会想，当年要是再多给算命的三百元就好了。如果我大方点儿，算命的会不会指派休・杰克曼给我呢？买张算命的年卡，刘兔子是不是还可以保修、包换呢？

怀里抱着我的猫写下这段的时候，刘兔子的头“砰”的一声撞在了厨房的柜门上。我无声地奸笑。我知道，过几分钟后，好闻的咖啡香气就会从厨房里飘出。七马和刘兔子的一天即将开始。

刘兔子与黑木耳，还有袜子

七马 | Mima |

说起来，刘兔子是个很冷静的男人。这是我喜欢的。男人嘛，就是要沉得住气。刘兔子基本符合这一点，唯独不能碰到黑木耳。

刘兔子被客户请吃饭，除了鲍鱼海参，还吃到一种山珍美味。“酸溜溜滑溜溜的奇异的黑蘑菇。”他这么描述。后来据我推测，应该就是凉拌黑木耳。

一日，我离家前丢了一包干黑木耳给兔子，让他放在凉水里泡一泡，晚上回家做给他吃。

兔子历来很支持我的工作，从来不在我开会的时候给我打电话。只有那天，我手机开了静音，却连续接到他打来的五个电话。第六个我接了。只听电话那头，以冷静著称的刘兔子显得惊慌失措，声音撕裂，如临炮轰的战场。

“快，快，你，你快回来。”

“为什么？”

“那个黑蘑菇，越变越多。”

“它当然会越变越多……你不是都泡了吧？”

事情是这样的：我就少说了一句要泡多少。刘兔子根据自己要吃以及能吃多少，找了个玻璃盆，把一整袋黑木耳都泡了进去。我还记得那个包装袋的广告语上写着：上等好黑木耳，一斤泡十斤。

于是在家里，一盆变成了两盆，两盆又变成了四盆。这时镇静的刘兔子还没慌，毕竟男人最大的优点就是沉得住气。可当四盆变成六盆，并且还有往八盆发展的趋势时，刘兔子才感觉局面失去了控制。

“你说，它们还会怎么发展下去？我们家会被完全占领吗？”

“镇静！你已经没有回头路了，只能这样走下去了。”

“我可以逃回欧洲吗？”

“逃回欧洲就没有晚饭吃了啊。面对它们！”

“哦……好吧。可是你快回来，只有你们中国女人有办法。”

我下班回到家，果然看到满厨房的黑木耳。我笑到已顾不上计算刘兔子的心理阴影面积。那晚我们吃了好多好多黑木耳——凉拌黑木耳、黑木耳炒鸡蛋、黑木耳炒黄瓜。而剩下的黑木耳，刘兔子提议晾干，等它们缩回去后再装起来。刘兔子是个环保又念旧的人，即便这辈子都不想再吃黑木耳了，他也还是舍不得扔掉。

刘兔子总是感叹中国的包装太浪费，家里的垃圾桶里全是外卖餐盒和其他超市的包装袋。他经常会说，过度包装在北欧是犯法的，是极大地浪费和污染环境。他很少买新东西，但拥有的旧物件每件都是质量很好的，能用多旧就用多旧，尽量不换新的。

环保和节俭我都认同，可唯独有一件事不行。刘兔子喜欢把脏袜子团成球扔到洗衣篮里，所以我每次洗衣服的时候都很生气。你不扒开他的袜子球吧，洗不干净；用手扒开吧，我又不高兴。他的官方解释是：洗衣机吃袜子。如果一只袜子找不到另一只，它会伤心的。于是我就不厌其烦地扒开他包的袜子球，因为刘兔子无法容忍单只袜子和单只手套。

有一次我们吵了很大的架，闹着要分手。我看着刘兔子的背影说："你的臭袜子都不分开，咱们俩却要分手？"

他就回过头一把紧紧抱住了我，很久没分开。

北京野生

刘兔子 | Mika |

遇到七马以前，我来中国的目的只有工作。有时间的话，我喜欢骑着自行车在北京到处逛。

有些事情是我在欧洲怎么都不可能遇到的。比如有些老年人会在早上倒着走路，有些人会在傍晚的时候抱着后海边的树干不放手。最初我以为他们都是些精神病患者，后来才发现，是因为我对中国文化的无知，才会这么以为。在中国的时间越长，我注意到这样的事情就越多。

一天，我骑着自行车回家的时候，听到了一声枪响。我从没想过在中国也能遇上这样的事情。接着又响了几声，然后我就四处看。发现是一个老人家挥舞着一根很长的皮鞭抽击墙面，发出巨大的声音。凑过去看的时候，那个老人脸上露出了自豪和得意的神情，感觉蛮厉害的。

每当我和我的中国朋友们提起这些事情，还有广场舞以及老年人喜欢的冬泳，大多数中国朋友，尤其是年轻人，都会觉得很尴尬。因为他们觉得这些都不是太高雅。也许因为我是个外国人，其实我觉得这些都挺好的。老年人有自己的社交圈和活动，这是多么幸福的事情啊。在欧洲，老年人往往只能孤孤单单地在家里待着。另外作为一位建筑师，我很高兴广场和公园这些户外的公共活动场所真的被大家使用着。我真希望欧洲也能这样。

不知道七马心里怎么想，但我已经下定决心——无论我们老年生活在世界上的哪座城市，有那么一天晚上，我一定会鼓足勇气邀请她去跳一支广场舞。

Chapter / 02

女人
永远是对的

破杯子和早上的咖啡

刘兔子 | Mika |

我不是个爱早起的人。如果没什么特别紧急的事情，我会睡到很晚，并且我需要好一会儿才能完全清醒。在起床到完全清醒这个时段里，最好全世界的人都不要和我说话。在早晨第一杯咖啡之前，谁也别问我任何问题。

七马喜欢早上说话，感觉她憋了一晚上的话都要和我说出来。她一般一醒来就进入了话痨状态，不过没关系，我可以接受这个。

所幸我们都喜欢早上喝咖啡，所以无论我们（或者她一个人）需要多早起床，我都会从床上爬起来为她煮咖啡。

我不确定她到底有多需要这杯咖啡，但这是我对她表达关心的一种方式。好多次煮咖啡的时候，我的头都会撞到厨房的柜子上，因为眼睛还没完全睁开呢。但付出的这些小小的代价，能让她打开美好的一天，也就够了。

煮咖啡是我的工作，而我会很认真地对待这份工作。

即便是要出差，我也会提前给她准备好几壶咖啡，她早上起来只要直接把壶放在火上煮就可以了。可要是我出差超过三天，七马就只能喝速溶咖啡了，因为我们没有那么多把壶，她也一直不学煮咖啡，只喝。而我唯一担心的就是如果我出差时间长了怎么办，而只要我在家一天，就可以每天为她煮咖啡。

作为一个设计师，我对家里的每样家具和器具都很在意。一个人的时候，我会精心挑选每个水杯、威士忌杯、红酒杯、盘子、刀和叉，它们全都必须是既美观，质量又好的。

七马只在乎成不成对儿！每种都必须是两个，两个，两个！家里到处都是“两个”，她说中国人的杯子必须成对儿。好吧，女人永远是对的。

其中有一对咖啡杯，我们每天早上都会用。有一个的边缘被磕出了一个很小很小的缺口，从发现的那天起，我就很在意这个。即便是在睡眼蒙眬的早上，我也会把那个坏了的咖啡杯给自己用。我每天早上坚持这样做，希望她发现的时候感觉很甜蜜。

但粗心大意的七马到现在也没发现。她完全无知无觉。

房子里的故事

刘兔子 | Mika |

昨天，我和一个好久不见的中国朋友出去喝酒，我们谈论了很多工作以外的事情。这个朋友是个蒙古大汉，他来喝酒的时候居然带了一把弓，因为他要参加一个射箭比赛，得时刻练习。他刚结婚没多久，我就问他是怎么遇到他妻子的，他也问我是怎么遇到七马的。

我告诉他，我第一次看见七马是在一个朋友的暖屋聚会上。朋友又追问，那你怎么知道是她而不是别的女孩呢？我告诉他，七马长得很可爱，而且看起来很聪明。那时候，我觉得她并不认识太多人，于是我就主动过去和她说话。当我们开始聊天的时候，我发现七马不仅聪明，还非常有趣。她的幽默感非常奇怪，并且带有一点点的黑色，我立刻就喜欢上了她。

我的蒙古朋友还是不满足，又继续追问我是不是还有其他什么更特殊的原因，让我决定和七马在一起。

其实在那以后，我和七马又见了一两次，并且我们谈了很多。七马和我都是经历过很多事情的人，那些经历有好也有坏，所以我们彼此都很清楚自己究竟想要什么。和七马在一起，我可以说所有想说的话，不必隐藏。所以我们只见了两三次面、聊了几次微信，我就觉得自己和她已经达到了某种精神上的互通。

我的蒙古朋友说他能明白这些，但他还是希望我找出来什么更具体的原因。

这时我就比较迷惑了，因为我从来没想过和七马在一起还需要什么特别具体的原因，感觉好就足够了。我们俩都是成年人，一个人也可以生活得很好，完全没有必须要在一起的需要，因此我们选择在一起的信念才会更加坚固。

我以前去中国南方旅行的时候看见过一样东西，一直无法忘记。南方的传统木结构建筑有非常漂亮的房梁，主梁上往往会有浮雕，把住在这里的这个家族的故事刻画在上面。所以我想，如果我和七马一起建一座房子，我们会在房梁上刻什么样的故事呢？可能会是一张世界地图，标注上我们去过的所有地方。当然，上面一定会有我们的猫。也许还会有一些雪花，因为我们俩都很喜欢寒冷的天气。另外，在我们的雕像里，我和七马都会拿着一支笔。那是我们表达自己的工具，她写书，我画房子。

七马是谁

刘兔子 | Mika |

七马身上有一种无法形容的气质，让人很感兴趣。她是那种很难被分类的人。

我知道她的事情越多，就越觉得她是个很特殊的人，很有修养，而且还非常有趣。那时，我已经决定要到中国来了。我被她天马行空的想法深深地吸引住，直到现在，我都不能预测她下一秒钟想干什么。

我们都是很重视自己原则的人，但也有些不同。

我尽量对待所有人都用同样的态度，即便别人对我不好，我仍然尽量做到礼貌和坚持自己的处事方法。七马对人也很好，不同的是，对坏人她会立刻以牙还牙，对喜欢的朋友们，七马非常真诚和忠诚。甚至有时候对自己的朋友，她会过度保护。她的喜好和厌恶则很分明，我见过她非常勇敢地捍卫自己和朋友们的权益。她告诉我，朋友就是家人，这大概和她从小一个人长大有关系（她的父母都是外交官，不在身边）。

她对我家的猫Hei也完全是过度保护，经常和我探讨我们的屋子对小动物是多么危险，不在家就担心猫会不会死。七马看起来完全是个典型的柔弱亚洲女子，但是面对坏人时，她却无所畏惧。

当我知道七马是个小说家的时候，我以为她会更在意语言。可当我们在一起生活的时候，却发现她是个彻头彻尾的行动派。这和我的认知很不一样。我的父母总是有那种欧洲七十年代的观念，就是所有事情和争端都可以用谈话来解决。如果遇到了麻烦和困扰的事情，都应该说出来。我也很赞同七马的做法，但有时候也很难理解中国人不相信别人说的话这件事情。

我们在一起生活的时间越长，我就越发现，这女人记忆事物细节的能力真是强啊！我的生日是六月，在欧洲，那时候新鲜的草莓正好上市。所以从小到大每年过生日，奶奶都会给我做一个鲜奶油草莓生日蛋糕。我告诉了七马这件事情，但实际上我并不是很在意一定要有草莓蛋糕，在鸡尾酒上插颗草莓就足够了，重点是草莓。可是七马每年都竭尽全力给我准备一个鲜奶油草莓生日蛋糕，尽管有时候她需要为这件小事做很大的努力，因为六月中国的草莓刚好下市。为了我的这件小事情，七马到处和卖水果的商贩拉关系走后门。用她的话说就是，我们的生活需要医生、律师和种草莓的朋友。

七马喜欢在生活里加进这些“必须要做的事情”，只要她认准了草莓蛋糕这样的事情，就会保证它一直贯彻下去。如果不是她那么“固执”地坚持，也许很多个在中国的生日我就吃不到草莓蛋糕了。我真不知道她每年是怎么搞到那些草莓的，有些逆天。

今年的草莓蛋糕非常好吃，和我奶奶曾经烘焙的味道竟然一样！我其实不太喜欢吃蛋糕，不过每年的这个神秘的草莓蛋糕已成为我的最爱。

但是吧……每次看到她在我生日的时候吃草莓蛋糕的那个欢喜的样子，又会有点点怀疑她精心准备草莓蛋糕的动机。她到底是爱我还是更爱蛋糕？今年她一个人吃了六人份，因为肠胃不适进了医院。

Chapter ／ 03

刘兔子有啥好

送礼这点儿小事儿

七马 | Mima |

中国是个礼仪之邦，送礼大国。孔子曰：不知礼，无以立也。

“听见没有，刘兔子？！不知道送礼，站都没地方站。”

刘兔子是个非常绅士、教养也好的人，就是对我每次去欧洲都要花上一整天给所有朋友买礼物这件事儿永远不解。我跟他苦口婆心地解释，去旅游或公干回来的时候就要给大家带礼物，这是不成文的规矩。并且不管刘兔子能不能消化，我都强制命令他执行。

“你也别管孔子了，只要记住出门就要带礼物就行。”

一天，刘兔子很兴奋地跑回家说：“公司小张去了天津三天，一份礼物都没给公司的同事带，可大家都觉得没关系啊。哈哈，孔子和你要输喽。”

兔子居然拿小张的个案来反击我。

“天津那么近，当然不用带礼物了！”

“去天津不用带礼物，那去大连要不要带？北戴河呢？石家庄呢？多远就需要买礼物了？”

刘兔子居然拿了张地图铺在我面前。我好想杀了他。

接下来的那个星期，刘兔子去香港出差。回来的时候我怕他又不买礼物，就千叮咛万嘱咐，一定要在机场买一盒巧克力。刘兔子听话地答应了。

“给你。”一回家，刘兔子就把一盒巴掌那么大的巧克力放到我手里，还是桃心形状的。

“这是什么鬼？”

“巧克力啊。你不是要我在机场买巧克力吗？这是我的爱。”

“啊，我不爱你了！不是我要巧克力啊。你要给你公司的员工带巧克力，明天拿去放在公司桌子上给大家吃，这样大家就觉得你是好老板了。”

“我给他们很高的工资，我是好老板，不用巧克力。”刘兔子完全没当回事，自顾自哼着歌洗澡去了。

这种简单粗暴的家伙是理解不了孔子和我们五千年的送礼文化的！

作为一个好妻子，我勇敢地夺门而出，在三里屯的外国超市买了一大盒比利时巧克力。我被自己的壮举感动得一塌糊涂，中国好妻子非我莫属。

我刚要高兴，却发现盒子底部有一大张粘得牢牢的中国价签。连超市也要和孔子作对！我不是个轻易放弃的女人，拿了小刀坐在桌边认认真真地抠起了价签。不愧是外国超市，用的是神都撕不掉的好胶水。

“你在干什么？”刘兔子凑过来。

“我们中国人最讲究礼节了。为了不变成一个没礼貌的老板，明天你给我把这盒巧克力带到公司去，就假装是在香港机场买的。”

刘兔子看着努力撕价签的我：“你们中国人的礼貌已经需要用行骗来维护了吗？”

真假飞飞与俄罗斯香肠迷局

七马 | Mima |

刘兔子喜欢穿衬衣，可在北京很难买到让他完全满意的衬衣。朋友推荐了一家裁缝店，我准备去给他做两三件衬衣。

按照网上找到的地址，我们到了“飞飞裁缝店”。地方没错，可是却不知道该进哪张门。相隔不到五米，开了两家“飞飞裁缝店”，一样是红色的招牌白色的字，还都叫一个名字。一家是“飞飞裁缝店”，另一家是“FeiFei裁缝店”。其中一家的老板已经跑出店来迎接我们，这该如何是好？

“刘兔子，怎么办？”

“我看网上说，真的那家老板是个女人，不出来揽客的。”

于是不管那家的“飞飞”如何盛情邀请，且承诺打折，我们依然跨进了另一家。老板果然是个女人，价格公道，做事靠谱，还能说简单的英语。我问老板娘那家假“飞飞”的事情。老板娘只是低头笑笑：“我有什么办法。”

这真是个有意思的城市，有李逵必有李鬼。

再往北一点儿的一座城市里，有一家很有名的俄罗斯香肠。我们在港大的一个教授朋友拜托我们去买一些俄罗斯香肠寄给他，因为他很想念那种味道。

我和兔子赶到俄罗斯香肠店的那个下午令人毕生难忘。一条不长的街上满满当当地开了五六家俄罗斯香肠店，密集度比在俄罗斯还高。我赶快在微信上问朋友到底是哪家，可朋友也不确定，因为时隔太久了。这时刘兔子爆出来，他会一点点俄语。他建议我们装成俄罗斯人进店去问，这样也许不容易被蒙。

我们又用排除法把几家没有俄文或者俄文有明显错误的店筛掉，只剩下最后两家。刘兔子和我走进第一家，尝了尝香肠，挺好吃的。

“大哥大姐，这家香肠是假的。”一个东北腔调很浓的人凑近我们说，“隔壁那家才是真的。你看这里都是东北人，那家店都是你们俄罗斯人。你说哪个靠谱？”

听他这么一说感觉真有道理，于是我们去了隔壁那家。果然柜台里站的都是俄罗斯人，也不推销，很冷静地卖给了我们四百多块钱的香肠。听说我们是寄给远方的朋友，又不容分说地装了一个将近两百块钱的盒子给我们。

礼物寄到香港后，朋友打来电话道谢。我们问他是不是就是这种味道，他笑着很肯定地说："不是！你们大概被骗了。"

"不会吧，他家全都是俄罗斯人，从老板到售货员，说着一口正宗的俄语。"

"哦，那就更是假的了。正宗的那家是东北人开的。"

啊！刘兔子这个假俄罗斯人果然不行，还是真俄罗斯人比较厉害。

裸体的芬兰人

七马 | Mima |

那个每个女人都问过的问题，我也问过刘兔子。

"兔子！你说！老实交代，你为什么喜欢我？"

"因为你聪明啊，性格又好，你说话还超级有趣。"

"不对不对，第一眼，第一眼你怎么就看上我了？"

虽然刘兔子一再说是因为我聪明、有趣才喜欢上我的，但是，我不信！姐妹们你们要知道，男人啊，都是浅薄的。

刘兔子一定是看上我徐娘半老的美貌了。一定是！绝对不是因为我会烧菜，绝对不是！

第一次去芬兰，刘兔子说要带我出海，要带我坐游艇，感觉他就像王子一样。我兴奋得立刻买了两套比基尼和超大的遮阳帽、墨镜等等，一应俱全。

结果芬兰的海冷得啊，还有无动力帆船那叫一个苦。在芬兰，买艘船比在北京买辆车还便宜，并不是什么特别稀罕的事情。停在港湾里的帆船美爆了，但一开到海上就全是苦差。船上有太多的活儿要干，还要和风浪作战。刘兔子和他的朋友把大多数活儿都干了，我不用做太多，便只能在他们收帆的时候以体重拉住缆绳。

上岸以后，刘兔子问我为什么没有用手机拍照。自从到了芬兰，我一直保持着我们亚洲人吃饭拍照、走路自拍的优良传统，唯独出海这么大的事儿我一张自拍都没有。我浑身上下穿的都是借来的衣服，鼻水横流，倔强地别过脸去。我的比基尼啊！

无论如何总要穿它们一次，花了不少银子呢。听刘兔子说赫尔辛基市内有个非常漂亮的公共游泳池，宫殿般的豪华建筑里有绝美的游泳池。我毅然决定前往。

“可那里游泳的人都不穿衣服的哦，要裸泳哦。”刘兔子又泼来一盆冷水。

芬兰人很爱干净，尤其是水，一定要干净。早期的游泳衣都是棉质的，甚至是羊毛的，容易滋生和带进细菌，所以他们干脆制定了必须裸泳的规矩，并延续至今。

的确如刘兔子所说，硕大的游泳池里的每个人都是裸体的。第一次见到那么多裸体的男男女女，我很自然地在游泳池的四周走来走去。以前看《魔戒》电影的时候，听说精灵族就是仿效北欧的男女设计的。我在游泳池里彻彻底底地感觉到了，浅色头发、皮肤白皙的年轻男女们，腿真的是从胸以下就分叉了的。天神真的也就如此了。

我开始相信刘兔子是爱上我的内在了。

游泳回家以后，我和刘兔子说起这些，他哈哈大笑：“我的好多朋友都说你大大的脑袋小小的身子，特别好看。”

要不是我不够高，真想揍刘兔子和他的“好多朋友”一拳。

老板，一瓶啤酒

七马 | Mima |

刘兔子学会的第一句中文不是你好、谢谢、再见，而是——老板，一瓶啤酒。

作为一个无酒不欢的欧洲人，他把这句话练得炉火纯青，甚至自己去一些街头小店里买东西，老板不抬眼皮都不知道是个外国人在说话，刘兔子颇为得意。

我们家院子里就有个小卖部，刘兔子几乎天天都要去买点儿东西。从一瓶啤酒到做饭用的瓶装水，反正一切东西都尽量从那里买，只要他们有。我曾经说过小铺的东西质量不好，档次不高。其实离得不远就有著名的进口食品连锁超市，但刘兔子独爱这个小卖部。有时候我在网上给他订购德国的罐装啤酒，他还会说，小卖部的青岛和哈尔滨就可以了。

实在不知道这个普通到极致的小卖部到底好在哪儿。每天下班的时候，都能听见刘兔子和老板一人一句——

“老板，一瓶啤酒。”

“老外，又来了。”

小卖部的老板和刘兔子几乎无法交谈，可两人似乎都很喜欢每天这一点点的你来我往。

家里的石榴树上结了石榴，刘兔子还摘了一个送去给老板的小儿子吃。

小卖部老板慢慢和我们熟了起来，对刘兔子也从“老外”变成了“帅哥”。

因为小卖部离得很近，买东西真的很方便。因为我们有用瓶装水做饭的习惯，刘兔子出差不在家的时候，小卖部老板的儿子放了学就会拎一桶水来送给我。

“你家帅哥已经付过钱了。”他气喘吁吁地说。

“水那么重，我自己过去拎吧。”我觉得让一个小学生帮我送水有些不好意思。

“没事儿，你家帅哥已经交代过了。”

刘兔子虽然细心，却也没忘了自己。他飞到北京以前，小卖部老板又送来了一打啤酒。这也是预订的啊，好你个刘兔子。

北京的天渐渐冷了，刘兔子仍然一天不落地下班回家时去买啤酒。他跟我说，去小卖部的人越来越少了。我觉得是因为网上购物的原因，百度外卖什么都可以送，几块钱的配送费也没人会在乎。

那天，我看见老板和儿子在我们院子里拿香肠喂野猫。

“你家的外国人又出差了？”老板主动和我说话。

“是啊。”

“他什么时候回来呢？”

“大概还要过几天。”

“哦。”老板笑笑，脸上的笑容有些僵硬。

这几天我听对门的大妈说小卖部要拆了，属于违章建筑。而老板一家也要搬走了。

真希望刘兔子能快点回北京。

好想再听那个老外大叫一声——“老板，一瓶啤酒。”

刘兔子有啥好？

七马 | Mima |

夏天。

我卷起袖子要洗碗。

刘兔子：“亲爱的，不用那么着急洗碗。我找女朋友不是来洗碗的，我要让你活得像黛安娜王妃一样舒服。”

于是我美滋滋地想着自己是黛安娜，就把碗洗得干干净净。

冬天。

我卷起袖子要洗碗。

刘兔子：“亲爱的，天冷，开热水洗。”

我：“说好的黛安娜王妃呢？”

刘兔子：“你又不是真的王妃，她家有用人，再说了，昨天是我洗的。”

又一个夏天。

柏林大雨滂沱，刘兔子让我搭他的车去见朋友。

“我只能把你带到半路，你得自己再打个车。我得去开会，你知道德国人开会不能迟到。”他说。

但是到了他开会的地方楼下，等了五分钟都没有看见出租车。即便手机不停地响，刘兔子一脚油门驶向我要去的地方。

“你干吗？你应该去开会啊。我撑把伞继续等就可以了，我又不是黛安娜王妃。”

“我也不是查尔斯王子，可你是我心里的黛安娜王妃。”

又一个冬天。

我：“刘兔子，快来给你的黛安娜王妃捶捶背，我写稿子写累了。”

刘兔子：“等我看完这部纪录片。”

我：“不能等，我是你心里的王妃。”

刘兔子：“可我也是我自己心里的查尔斯王子，查尔斯王子要看完纪录片。”

总结：刘兔子哪儿都不好，就嘴好。

Chapter / 04

我们

歪果仁

德国魂吱吱作响

七马 | Mima |

和大多数欧洲人一样，刘兔子也是两国混血，一半芬兰人，一半德国人。大多数时候他都像个芬兰人那样无所谓而宽泛。可有的时候，他那种严谨苛刻的德国魂会突然冒出来，在我们的生活里吱吱作响。

（一）锅の德国魂

洗锅，在我家是件隆重的大事儿，以前是两个人都会做的，后来就刘兔子一个人干了。

原来我每次洗锅的时候都会有个“背后灵”刘兔子。他无法克制地就是要站在我边上，监视我洗锅。锅能不能洗得锃亮是会要了刘兔子命的，即便我无数次把他哄走，洗着洗着碗也还是会感觉到脖子后面的呼吸声。

“那边再擦一下。” “背后灵”时不时还会忍不住出声。

“你的纳粹！” 我骂完刘兔子，就跑了。

“哎，你回来，锅还没擦干呢？水滴会在锅盖上留下印子的。”

我才不管他呢，直接到院子里摘石榴或者跑去逗猫玩了。不出五分钟，厨房里就会传出声音，刘兔子的德国魂在驱使着他拼命擦锅呢，他没时间追我。

所以我有时候想稍微惩罚一下刘兔子就会做顿饭，用好几个锅，再全都扔到水槽里。刘兔子绝对要在水槽边上站上至少半个小时，仔仔细细地洗那些锅，然后擦得像镜子一样亮，我则可以在客厅或者书房里舒舒服服地喝茶、看书。

真的，我家的每口锅都可以拿来照镜子或化妆用。

（二）停车の德国魂

这样的事情不止发生过一次。

我们在街上走着走着，刘兔子突然停下来；我们在自行车道上骑着骑着自行车，刘兔子突然停下来。

“哎，七马，七马，你能不能跟那个人说说，我想帮他停车。”

我们经常到处搬家、旅行，所以在中国并没有买车。可刘兔子拿的是德国驾照，停车一定要停得笔直笔直的。

他经常看着满街停得歪七扭八的车德国魂就蹦出来了。

我劝过他好几次：“你不要去管，主动提出来给人家停车，别人会觉得你很奇怪的。如果是女人，弄不好还会报警！警察抓你个疯兔子。”

可是我不知道的时候，刘兔子还是帮别人停过好几次车。还好没人报警，大多数人还非常感谢他。刘兔子不但用自己的专业，也用那时不时冒出来的德国魂为我的祖国做着贡献，这一点我作为老婆实在不知道应不应该感动。

（三）说话の德国魂

刘兔子加上英语，一共会五种语言，而且每种都说得非常棒。刘兔子曾经跟我说他不会法语，可有一次我看见他在读一本法文小说。

“你说你不会法语？可是你读法语小说都不用字典啊！”

“这个只叫能用，离真正的会一门语言还差得很远。”

从那时候我才知道他说的所谓“会”，是极其熟练地掌握，要达到母语那种程度。

我们平时生活里说英语，我的德语、芬兰语和刘兔子的中文都在学习之中。我们之前想得很简单，我自己来教刘兔子中文，后来发现完全不行，他提的问题又多又深奥。对文化和语言的理解，刘兔子都是极其认真的，他喜欢刨根问底。

对于我的英语和德语，刘兔子知道不能总去纠正，那样在生活里会很烦。所以我有时候会故意用错一点儿小语法，然后斜着眼睛看他的脸，再说一次错误的语法，他的脸就会憋得通红，叹口气后去看报纸。

想杀死一个德国人最好的方法就是，把车停得歪歪扭扭，交流中满口错误语法，然后在银盘子和锅盖上按手指印。要是当时英国人知道这招，二战估计都能赢得快点。

多难吃一顿

七马 | Mima |

第一次去赫尔辛基看刘兔子，上飞机以前，兔子发微信对我说，他会给我做晚饭。弄得我一整个旅途都无法平静，不断想着刘兔子会给我做什么好吃的。因为对晚餐抱有极大的期待，我断然拒绝了两份飞机餐，留着空空的胃照顾刘兔子的厨艺。

下了飞机，兔子到机场来接我。

“晚饭做好了吗？”我务实地问。

“做好了，回家一热就可以吃。”

“我爱你！”

“你是爱吃吧？”刘兔子也很务实，而且他了解我是个吃货。

到了家里放下行李，刘兔子就钻进厨房。一阵香味飘出，刘兔子端出来一锅热热的三文鱼奶油汤，里面还有胡萝卜和土豆，以及一些绿豌豆。汤很香，我瞬间就喝完了。

“下面把主菜端上来吧。”我嘴里嚼着大块的三文鱼。

“这汤就是主菜了。我们芬兰人把汤当饭吃的。”刘兔子面露尴尬。

“什么？！”我顿时觉得中国胃抽搐了一下。

一道汤就把我打发了？！虽然是浓汤还配了黑面包，但也只是汤啊！几块三文鱼就算了？大肉呢？主食呢？

我委屈的泪当时差点滴进汤里。在中国，多少内容的汤也不是一顿饭啊。

大概是第一天受了刺激，刘兔子第二天就不在家做饭了，他带我去了海边的咖啡馆。那是个美好的大太阳天，气温在芬兰算高的了，我们坐在河边看着水里的鸭子。

“要不要吃点儿冰激凌？附近有个地方卖很好吃的冰激凌。”刘兔子问。

果然是我看上的男人！了解我。

“要吃。”

刘兔子离开了一会儿，然后手里捧着两个东西回来了。他是跑着去的，却是走着回来的。我看不太清楚他手里拿着的是什么，隔着墨镜看上去，刘兔子就像奥运火炬选手那样举着两个硕大的尖头柱形物体。

“给你一个。”刘兔子走近我。

我的中国胃当时就猛烈地抽搐起来，那是两座山那么大的冰激凌卷筒！饭那么简单，可是冰激凌，我觉得这辈子都吃不完了。

刘兔子吃得很快：“你坐那么远干吗？那边很晒，到这边来。”

“没关系，我喜欢阳光。”

其实我也被晒得不行，但是我寄希望于太阳，希望它赶快帮我把这个小臂那么长的冰激凌烤化了。不然我在这里坐到天黑也吃不完，就回不了家了。

芬兰人的胃是怎么长的?

小蹦蹦和北京

刘兔子 | Mika |

在北京从一个地点到另外一个地点最好的方式是骑自行车，至少在三环以内绝对如此。比地铁方便，还比汽车快。这对于我来说还算是轻量级的运动，反正北京的路又平又宽。

但是北京也会出现阻止我骑自行车的原因，比如雾霾和特别冷的天气。

早高峰的时候，交通通常都非常糟糕，打到出租车的概率几乎为零。中国的打车软件对于中文不好的我也不是那么方便。坐地铁的话，我排队的时间比实际坐地铁的时间都长，北京人又太多，那该怎么办呢?

我的救星是那些等在地铁站附近的小蹦蹦，非法合法什么的我不知道，总之他们救了我。

七马教会我中国文化的精髓部分就是砍价，她说家里的钱都是我们辛辛苦苦挣来的，也要辛苦地花。她教会我说“别人都是那样的价格，你的太贵了”等等随时可以用的金句，买菜的时候可以用，买什么东西的时候都可以用。撒手锏是——“不要欺负老外，我中国老婆不给我钱”。

小蹦蹦很是神勇，在早高峰的车流里S型、双C型穿梭。乘坐体验非常惊险，屁股会很疼，脑袋有时候会撞到天花板，电动马达的声音也很难听，有时候甚至还非常惊险。七马特别不想让我坐这些小蹦蹦，她情愿我迟到。这是我喜欢她的原因之一，我的生命安危在她心里很重要，事业失败无所谓，她依然爱我。

可是我很喜欢坐小蹦蹦啊，它不但快，而且骑小蹦蹦的大爷大妈个个都是狠角色。

有个骑蹦蹦的大爷北京口音很重，他说的话我一句都听不懂，他也知道我一句听不懂，但仍旧不停地和我说话。

另外一位骑蹦蹦的总是对其他的蹦蹦车大喊大叫，后来我还发现他也对自行车、汽车、公共汽车、残疾人摩托车喊。他对我说其他人的车技都很差，我觉得是他的脾气更差，可他对我还挺好的。

因为一些神秘的原因，我在同一天内不同的地点、不同的时间点总是会遇上同一辆小蹦蹦。他说我们有缘分，可我觉得是他在跟踪我。这个家伙一路上都在唱歌和吹口哨，过一个弯的时候他兴奋过度几乎翻车。这是一次恐怖的乘车经历，但是骑蹦蹦的家伙自始至终都非常高兴。

自从北京入冬以来，我一直感冒，虽不是很严重，可也几乎没有再骑车上过班，坐小蹦蹦比较频繁。离公司近的地铁口总有一大串蹦蹦车在排队。其中有位大姐总是面带微笑，非常友善。我坐了一次她的车以后，就自然而然地变成了“她的顾客”。其他骑蹦蹦车的大爷们似乎也很帮助她，每次我一到地铁站，其他的蹦蹦车就给这位大姐的车挪出一块空地，让她来接我。

有一天，我到地铁站的时候没有看到她，就打算上另一个人的蹦蹦车。但另外几个蹦蹦车司机过来让我等等大姐，有一个还拨打了手机让她过来。两分钟不到，大姐就气喘吁吁地从北京冬天的寒风里快步跑过来，手里还拿着没吃完的打包早点。她一边打着蹦蹦车的火，一边笑着和我说对不起。

我很喜欢早高峰时的这些蹦蹦车之旅，不能说很享受，因为路面非常拥挤，四周嘈杂，坐在狭小的蹦蹦车空间里上下颠簸，让我都没办法在手机上看新闻或者回微信，我能做的反而是看看风景和北京早晨的生活。

主妇们骑着自行车去菜场，爷爷奶奶们把他们的孙子孙女放在与我坐的蹦蹦类似的交通工具车里送他们去幼儿园或者学校。小火锅煤气罐被送往一家家餐厅，甚至还有一支少年鼓队每天早上在剧场外面排练，给早高峰的北京增添了迷人的背景音乐。

圣诞故事

刘兔子 | Mika |

芬兰是圣诞的故乡

在我还是孩子的时候，圣诞是个很盛大的节日，小孩子们提前好几个月就开始期待。在欧洲，圣诞节就和中国的春节一样，是全家人聚在一起度过的节日。对小孩来说是无比快乐的几天，当然，我们也特别喜欢收到很多礼物。

其实准备圣诞节比真的过圣诞节还要开心。整个房子都要仔仔细细打扫一遍，所有人都会被分配任务，洗地板、给所有的地毯除尘、换窗帘等等。

做清洁并不是身为小孩的我最喜欢的工作，但之后的结果总是很好的。整个房子闻起来都很干净，是肥皂和干净布料的味道。

芬兰的圣诞节是非常寒冷的，直到现在为止，如果没有满地、满屋顶厚厚的积雪，对我来说都不是真正的圣诞节。

芬兰的冬天是极夜，那个时候日照时间很短，一天的大部分时间都是漆黑的夜晚，但透亮的夜空也并不让人觉得压抑。如果下雪的话，大雪会覆盖所有的东西，一切看起来都会非常美丽。积雪还会反射月光，整个世界会变得魔幻而温馨。

圣诞树

在芬兰，圣诞树是圣诞节最重要的装饰。在离我父母家很近的地方就是一片松树林，秋天的时候我们就会在松树林里寻找一棵形状完美的松树做圣诞树，并在上面做好标记。之所以要在秋天就选好松树，是因为如果真的等冬天的雪落下来，就很难看出树的形状是不是漂亮了。圣诞平安夜的前几天，父亲和祖父会出门去把那棵树搬回家。我们在家门口附近抖掉上面的积雪，把圣诞树放在门廊里（在芬兰，为了保暖的需要，房子一般都有两层门，第一层对外的大门和进屋的门之间会有半米到一米左右的门廊）。在那里，树会慢慢去掉外面的寒气。

等平安夜的时候，我们才会把树搬到客厅里。整个房子瞬间会有圣诞树的香气，我觉得这就是圣诞的气味。

圣诞蜡烛

对于小孩来说，最好玩的就是装饰圣诞树和点蜡烛。蜡烛是要放在圣诞树的枝丫上点亮的。出于安全和经济角度的考虑，越来越多的家庭会选择用电动的假蜡烛，第二年还可以再重复使用。但这样总觉得少了很多传统的气氛。我妈妈一直坚持要用真正的蜡烛，她觉得哪怕只点几支真正的蜡烛也比全部用电光蜡烛要好看。这也就增加了一些工作，因为真正的蜡烛是需要人来照看的。每次出门或者大家去睡觉的时候都要记得吹灭蜡烛，不过我们也因此学会了有责任感。

我妈妈告诉我，任何美丽的东西都是需要花精力和时间去守护的，就和七马一样，需要时间和精力去呵护。

我们歪果仁

刘兔子 | Mika |

我和七马前不久在网上看了一篇调侃在北京生活的外国人的文章，我们被称为“歪果仁”。

文章很有意思，把在中国生活的外国人分成了几种：顺义外交官，国贸金融家，工体双井英语老师，胡同中国通，五道口留学生。

我也开始把我在中国的外国朋友一一对号入座地分类，实际上这样的分类并没有错。我和七马认识的外国人里也有很多住在北京顺义或者上海浦东的大房子里，基本上不会说中文，也从来没吃过火锅和烤串。他们也不太感兴趣认识真正的中国，四年或者五年任期一满就带着全家人回国了。我和七马并不是这种生活方式的拥趸，不过我们也能理解他们。我是自愿来中国的，而不是外派，也不用每过四五年就在不同的文化中搬一次家。

实际上在北京，比起顺义外交官，另外一种外国人更常见。我们有好多刚来中国不久的外国人朋友，喜欢中国的一切，甚至是交通堵塞和满天雾霾对他们来说都极其新鲜，但这种亢奋一般会在一两年以后消退。

这两种很极端的外国人最容易被拿来取笑，我和七马都在很多国家工作和生活过，我们很容易理解他们的状态。

其实在美国和欧洲，中国人的典型印象也并不是拥有五千年历史的古老民族形象。大多数西方人接触到的中国人只有两种：一种是霸占街道、不停拍照、疯狂购物的吵闹中国旅行团。另一种是只和中国留学生玩的中国留学生。他们一般都是小团体，只吃中餐，和中国人约会，有些甚至连当地语言都不太会说。所以其实顺义老外和在欧洲的中国留学生们大部分都有在异乡的客居感。

我们的朋友有很多是在中国生活的外国人和在外国生活的中国人，在这篇文章里所提到的在中国的歪果仁的百态，在国外的中国人其实也一样，包括我自己在内。

绝大多数我们的朋友不能被生硬地放进任何这些分类里。如我一样，绝大部分我们的外国朋友来中国工作和生活，也许不是一辈子，但至少都有几年时间可以接触中国社会，交中国的朋友。我们的朋友大多数对中国文化都很感兴趣，我想他们和我一样，是在中国生活的外国人中的主体。

他们很想了解更多的中国文化，而不是只做游客。他们很想去体验中国的日常生活，只要可以得到机会。他们上中文课，可是说得并不是太好。有时候我们也会想吃家乡的食物或者只是说说自己的母语，以慰思乡之情。但无论如何我们都来到了中国，或者从中国到了国外。

这样的生活经历会让我们毕生难忘，也会造就不一样的思维。只要有勇气去了解一种异国文化，都是很好的事情。而不愿意出去了解这些的人，他们的世界会变得很小。

如果你在自己的故乡以外的地方生活，也是个“歪果仁”，请尽量留下一些美好的记忆。

距离

刘兔子 | Mika |

距离是一件很奇妙的事情，不同国家和文化的人对距离这个东西的理解也截然不同。距离影响了我们的感知和对事物的看法及态度，有时候这个看起来无关紧要的距离会让人感到舒服或者恐惧。

很多年前，当我开始在中国工作的时候，一个假期，我到上海去探望在那里工作的朋友。朋友有辆自行车，当他有事情的时候，我就骑着他的自行车四处转转。从法租界到苏州河，浏览莫干山路上的画廊，参观上海城市规划展示馆里的巨大模型，或者偷偷潜入浦东尚未完工的新建筑大厅里。晚餐时间和朋友的同事们聚在一起，总是在不一样的餐厅。

对我来说，最困难的事情是找到要去的餐厅。我必须要打出租车，而必须要和几乎不说英语的出租车司机沟通就是极大的挑战。我不太会说中文，仅会的几句普通话又被上海腔彻底打垮了。

只有一件事情我是擅长的，那就是读地图。所以我总要争取坐在副驾驶座上，在他面前打开地图（对的，那还是个没有智能手机和GPS的时代）。我会左右挥动手来告诉司机该往哪个方向开，就这样在上海的大街小巷穿梭。好在司机师傅们也总是很配合，有一个司机甚至告诉我，这种感觉特别棒，虽然特别累，但感觉像是在拍类似《007》的谍战片。

中国是个很大的国家，光北京和上海的面积和人口就相当于欧洲的一个小国家。对于来自人口稀少的北欧的我来说，有一件事情花了很长时间才适应。相对于北欧人需要的安全距离，中国人对距离的需求似乎小很多，人与人之间比较亲密。

在我的经验里，欧洲人对保持距离的要求很强烈，而且在欧洲越往北，就越要与别人保持距离。而在中国，尤其是拥挤的南方，这样的距离往往无法保持。在上海的银行或者商场，我总是与前面的一个人保持着一米左右的距离，但这段在欧洲很常见的空间里往往可以跑进来三个人。我花了好长时间才理解，地少人多让人们必须站得更近。

在芬兰，人和人在排队的时候最少也要保持一条胳膊的距离，不然会被人觉得是骚扰。我们在公众场合都是不说话的，每个人的责任就是照顾好自己。

多年以后，我和七马一起回芬兰。初次到那里的时候，我因为工作忙不能陪她，七马就会自己上街去转转。回来以后她告诉我，她觉得芬兰人挺冷漠的。因为她迷路以后，街上并没有人主动帮忙，甚至在她去找别人问路的时候，芬兰人会花很长时间看地图，但是几乎不会告诉你。给的答案也模棱两可，而且被问路的人都会脸红。

我笑了，这就是芬兰人。大概是我们太注意个人距离的原因，给人指路这种需要把自己的意见附加给对方的事情，对于礼貌到有点冷漠的芬兰人来说的确很难。有个笑话是：如果芬兰人走错了公共汽车站，等他意识到以后是不好意思走掉的，即使错误的巴士来了也会上车，不然就是给司机添麻烦了，自己的错误就要自己承担。所以很多迷路的芬兰人的确是满街乱转也不肯问路的，对于来自服务社会的七马来说，这的确显得古怪又冷漠。

一些到芬兰来的中国朋友甚至会告诉我，这里人少得可怕，大白天的街上都没几个人。

可是不瞒你说，我们芬兰人还挺喜欢这样的。满大街都没有人，空旷无人会让我们感觉到安宁。但是我也理解在人口密度那么大的中国，拥挤也是温暖的另一面。

这些简单的不一样是我和七马相遇以前完全没有想过的文化差异，如此微小却很重要，它们为我们了解彼此的文化打开了一扇扇窗。

说说北京话儿

刘兔子 | Mika |

我的汉语学习进度比我预期的要慢很多，到现在为止，我进餐馆和商店都可以自己去交流了，也能告诉出租车司机方向。我的中文老师最先开始教的中文都是“你好”“谢谢”“再见”这种特别礼貌但没什么用的词，后来在我的要求下，他们开始教我一些和生活有关系的，比如在酒店和外出工作的时候需要用到的词汇。

因为经常和客户接触，如何用中文说数字这件事情我是在厦门学的。我们在厦门做项目的时候，有个朋友请我去参加一个饭局。有很多人，我们去了一家吵吵闹闹的市井餐厅，那里只卖海鲜，而且所有的菜都是辣的。

吃过饭以后，有人又点了一大箱啤酒，我们便开始玩骰子和喝酒的游戏。我发现中国喝酒游戏的关键点都是把特定的人灌醉，作为唯一的老外，我当然就是那个被灌醉的人。虽然我第二天早上从宿醉的头疼里醒来，但整整一夜，骰子就在我的梦里转啊转，从一到十的那些中国数字就那么学会了。

其实一来到中国我就开始上汉语课了，在欧洲我也学过一点儿中文，但断断续续的，没有坚持。我以为自己可以很快地学会最基础的中文，可后来发现中文的发音远比我想象中要难，尤其是平仄，在欧洲的任何语言里都没有区分这个。大概有半年的时间，我一直在练习平仄。现在七马总是夸奖我，说我的发音很棒。我想大概是练习起作用了。

刚开始的时候，我用能找到的所有机会练习中文：乘出租车、在餐馆或者小铺子里买东西……这样的练习很好，因为如果我说错了话就可以立刻逃跑。

对于我的中文学习不太有利的是七马的英文太流利了，并且我们所有的中国朋友都能说英语，所以即便和中国的朋友在一起，大家也会说英语，这比用我磕磕巴巴的中文沟通要容易太多。

和七马刚认识的时候我们就说英语，现在换语言就会觉得很别扭。生活中为了沟通顺畅和有效率地传递信息，我们还是说英语比较多。不过我的中文还是在缓缓地进步，会说一些词汇和短语以后，又学了语法，现在我已经可以组织一些句子了。但是写汉字，大概还需要不少时间。

除了七马和我的中文老师以及朋友们，也有其他人教过我中文，比如我们院子里的门卫。每天我进出院门的时候，他都会对我挥手或者干脆叫住我，要和我“说说话儿”。所谓的说话当然是他主要在说，我零星能听懂几个词。

我在以前的汉语课程里已经学过了“说说话”，所以我告诉他我会说中文。但门卫却不满意我的发音，我觉得很奇怪，因为中文老师说我的发音没错，可门卫老头花了很长时间来纠正我。他逼着我一遍一遍练习“说说话儿，er-er-er”直到他觉得满意了，才放我回家。结果七马告诉我这个门卫有特别浓的北京胡同发音，他教给我的所有句子也就只能在胡同的小卖部说说。这是我第一次知道，原来北京人说的不是标准的普通话。

之前我们给江苏的一个甲方做项目，甲方是一个好友的妈妈，所以对待我们也如同亲人。这位妈妈是个虔诚的佛教徒，我们拜访了当地最有名的寺庙，认识了那里的住持大师，他带着我参观了佛教圣地。我们的交流并不顺畅，但是他希望在我可以说更多的中文以后可以再次回到他的寺庙，和他谈论哲学与佛教。我感到惭愧的是，直到现在我都没有再次去过，我的中文也远没有那么好。

另一件我觉得非常遗憾的事，是七马写的奇幻冒险小说我实在是读不了。万幸的是英文版很快就要上市了。

时间过得好快，很怕离开中国以前我的中文也就只是“差不多”这个样子。

退休功夫

刘兔子｜Mika｜

在西方，绝大多数人对中国的第一认知不是宫保鸡丁，甚至不是万里长城，而是中国功夫，这都是香港功夫电影的功劳。我和我的芬兰哥们儿最喜欢的是上世纪七十年代香港邵氏的功夫电影，很多都看了好几遍。所以当外国人想到“功夫”这个词，也会是香港武侠电影那样的功夫，至少也是李小龙、成龙和功夫熊猫。所以当我来到中国的时候，我很惊奇地知道，原来功夫有这么多种形式，并且还有“功夫茶”这一说。

七马有个好朋友戴老师，中国人，也是个建筑师，却精通武功。他的工作室在一个古老的寺庙里，那里全都是古树，环境无与伦比的美丽。戴老师经常请我们喝茶，而且还会送给我们按照季节自制的酒。夏天是杨梅酒，冬天是米酒。我们喝茶聊天的时候，他告诉我们每早练习拳法对他来说是一天中很重要的事情。对我来说，能在古树下练习中国功夫实在是浪漫到极致的事情。这时候，我想学中国功夫的热情被完全点燃，我们的好友戴老师告诉我有个地方可以学习太极拳，他建议我们可以一起去。

这其实已经是我第三次想学中国功夫了。第一次是很多年前在赫尔辛基，我看到了一所功夫学校的广告，老师是中国人。我给他们打了咨询电话，但对方的回答很严肃。他们问我多大年纪，我当时才二十六岁，却被告知年纪太大，只能学习太极拳了。当时我嫌弃太极拳太慢，似乎是老年人的拳法，比起这个来我更愿意学一些其他类型的功夫，结果是我没有被功夫学校录取。

第二次尝试学习功夫是刚搬到北京的时候。那时我和七马刚住到后海，在散步的时候，我们发现了一所功夫学校。那段时间我们接到了几个新项目，好几次我都错过了试课的时间，之后也就不太好意思再去学习了。

中国有句俗话，事不过三。戴老师想带我去学太极时，已经是我第三次想学功夫了。学习功夫的地方在一个公园里，虽然没有我朋友的工作室那么漂亮，但也是个不错的地方。我以为只有中年以上的人才会去学习太极拳，而且七马总是说太极拳是退休功夫。其实并不如此，学习太极的同学里面也有很多年轻人，不少人会说英语，还有大学生。在这个公园里，我们也不是唯一在练武术的一拨人。比如在我们的左边，有一群练习拳脚的人。他们更像功夫片里的人，比较严肃，总是出拳和侧踢。再远一些就是广场舞大妈了，她们双手都拿着长丝带，嘈杂的声音里还夹杂有民乐练习的声音。

我真的很喜欢这样丰富活泼的北京生活，我想在这样的地方练习功夫大概对练习集中精力有很大的帮助。戴老师不但对太极拳很了解，关于中国的文化和历史也非常精通。他推荐给我的功夫师傅也非常棒。太极拳的练习并不是一般外国人理解的那样激烈。先开始的两个小时，我觉得自己几乎在原地没动，师傅也只是有时候过来帮我纠正姿势。但是第二天睡醒以后，我全身所有的肌肉都很酸痛。这说明我在练习中用了很多的肌肉，练习这种运动后累的感觉很棒。

我逐渐喜欢上这种“退休的功夫”，并且我的太极拳还有很多要学的。

Chapter / 05

早餐

童年

消失于地球的叫花鸡

七马 | Mima |

我一直是一个很有孝心的小孩，忘了哪年妈妈的生日，我打算亲手做一道菜给妈妈吃。关键点在于不能被家里的大人发现，所以用厨房是万万使不得的。我也不知道是从哪本书上看到朱元璋包泥做叫花鸡的故事，于是大受启发。

叫花鸡的要点在于用泥巴包裹，利用温度慢慢煨熟，于是我倾尽所有零花钱从超市买来一只杀洗好的整鸡。我当然不能像朱元璋一样，在家门口烧一堆明火来烤泥鸡。那时我家住在纽约的长岛，离我家不远的邻居是个陶艺家。她家院子里的烧陶炉一直带有温度。后来我抱着鸡跑过去，偷了一些邻居的陶泥抹在鸡的表面，再把它埋在了烧陶炉的旁边。我想着只要明天去把鸡给挖出来，估计就熟了。

我一夜都没睡好，心里一直惦记着那只鸡，想象着它在高温的陶炉边慢慢烤熟，变得香喷喷的。我还想象着妈妈打开陶泥时的那种表情，想象着她会给我很多零花钱。

可美梦醒来，我却呆呆地站在了陶炉边上。因为我忘了做标记了！忘了叫花鸡埋在哪里了！虽然我手里拿了根挖土的棍子，但烤鸡在哪里啊！本来试图在整个大陶炉的周围四处挖挖的，可邻居却带着她学陶艺的学生们欢天喜地地过来了。在他们面前从泥里挖出来一只整鸡一定会带给这帮美国佬不小的文化震撼，他们一时半会儿肯定接受不了我们国人历史悠久的吃鸡方法。

基于文化差异的考虑和偷了陶泥的事实，我把棍子一扔就跑回了家，给妈妈的礼物也换成了折纸仙鹤。那天晚饭的时候，我一直盯着窗外邻居家的院子，只因那里有我埋下的一只香喷喷的鸡。当晚下了一场大雨，第二天再想找到朱元璋的叫花鸡的可能性就更小了。

到现在，那只已经熟透的鸡还在纽约的长岛地下沉睡，等待着人们去发现和挖掘。

早餐童年

七马Mima ｜刘兔子Mika ｜

刘兔子和七马有很不一样的文化背景。吃早餐的时候，我们会告诉对方自己童年的故事。

Monday

兔子只有四五岁的时候就穿着小西装和父母一起去餐馆吃饭。这孩子特别爱现，自己走到每张桌子旁和餐厅里的每个人握手并且介绍自己。

五岁多的兔子认真地问对方：“你是做什么的啊？”

正在进行商务会谈的欧洲大叔们只能认真地回答：“我是一家跨国公司的运营总监。”

幼年刘兔子：“那很好，继续努力。”

欧洲大叔：（你个兔崽子！）

就这样，刘兔子觉得自己幼年的时候就建立了社会关系网。

Tuesday

每当北京桑葚成熟的季节，七马就有事情做了。

童年的七马个子特别矮小。邻居家的男孩看了《动物世界》，里面的非洲人训练猴子上树摘香蕉。可邻居家没有猴子，他自己又不会爬树，然后他就去找七马，让她上树去摘桑葚。理由是七马的身材和猴子差别不大，并且许诺给她百分之二的桑葚当提成。

七马爽快地答应做桑葚猴。在被妈妈发现之前，七马一直愉快地在树上工作。

Wednesday

兔子小时候经常乱跑。兔子的父母在芬兰的度假屋边上有一片森林。兔子的妈妈怕兔子跑进森林里就会找不到了，于是在兔子的衣服背后挂上一个铃铛。后来当地的猎人告诉兔子妈妈这样不行——

当地的驯鹿的脖子上总是挂着铃铛，而冬眠以前的熊为补充能量会攻击驯鹿，所以欢快地奔跑的兔子很可能会招来熊……

Thursday

小七马的妈妈总是说一些很深奥的话，当时听起来好像很有道理。大概需要十年、二十年，甚至是一辈子，才会明白根本就没道理！

铁碗打鸡蛋就是其中一例。

妈妈叫小七马到厨房——

“哎，知道你为什么长不高吗？”

“为什么？”

“你缺铁！”妈妈一边淘米，一边很笃定地说。

“妈妈，那怎么办？”七马慌了。

她一言不发地递给小七马一个铁碗。

“用这个打鸡蛋，用力，把铁元素都打进鸡蛋里。我炒了，你吃了，就长高了。”

“好！”

七马抹了一把眼泪就开始用力地拿铁碗打鸡蛋，一直从中国打到美国，再打到英国。她上大学的时候交了第一个男友，一天，她冲进厨房，发现这个男人在用一个白花花的瓷碗打鸡蛋。

“你在干什么！”七马指着他的手指都在颤抖，“你妈没教过你用铁碗打鸡蛋吗？放下鸡蛋。”

那个意大利男友一脸吃惊地望着七马，像个智障……

Friday

三岁的兔子吵着要去森林野营，兔子的爷爷准备了一天，做三明治，带热的橘汁。但兔子的妈妈觉得一老一小出去野营太危险。然而不管妈妈怎么说，固执的兔子还是去野营了。

他在离家大概十五米的林子里吃着三明治，喝着带来的热橘汁。

Saturday

刘兔子和七马起不来床，所以没有早餐，也没有童年……

Sunday

刘兔子和七马起不来床，所以没有早餐，也没有童年……

耶稣VS灰姑娘

七马Mima｜刘兔子Mika｜

刘兔子非常外向，喜欢交际。而七马却是个从小就害怕人多的人，超过三个以上的生人就觉得紧张。

刘兔子十九岁的时候高中毕业，几个男孩儿像《美国派》里那样到处去旅游。他们中的一个朋友在芬兰东边的夏令营工作，刘兔子一行人也赶过去凑热闹。夏令营是教会组织的，免费吃免费住，他们就留下了，但也得干些活儿。老师让他们给夏令营的小孩子们表演与圣经故事相关的户外剧。那时候，刘兔子受涅槃乐队的影响，留了齐腰长发，就被指派演耶稣，其他几个男孩儿演罗马兵。他们找了好几个装鸡蛋的盒子串起来挂在身上，脑袋上顶着扫把装罗马兵。刘兔子比较简单，只要裹上床单分分钟变身耶稣。

他们演的戏里还有耶稣显灵的环节。当地有好几个很大的湖，刘兔子他们划着船出去找演出场地。“砰”的一声，船撞到了一块石头上。那块石头还真不小，水面刚刚好盖过它。于是，耶稣显灵这场戏就有了。

观众们都到齐后，刘兔子已经站在那块石头上，远处看起来像是在水面上漂着。他一边念词，一边在踮着脚张开双臂在大石头上走了几步，所有观众都被这个零成本视觉特效折服了。

虽然这一壮丽举动并没有为教会带来任何新的信徒，不过刘兔子和他的朋友们还是很得意，认为上帝给了他们一块垫脚石。

刘兔子能水上漂，七马的表演经历就差很多。中学的时候，老师不知道哪儿来的奇思妙想，让七马担纲《灰姑娘》女一号，这部剧还要表演给全校同学的家长看。可笑的假发和服装就不用说了（那时候还没有蓝色美瞳），最主要的是选角太差。扮演男一号的王子是个个子很矮的男生，王子的大臣是眼镜男，灰姑娘的两个坏姐姐由一个胖男生和一个篮球队的大高个男生扮演。背台词、怯场什么的都不是最大的问题，最大的问题是皇宫跳舞那场戏。七马不会跳舞啊，于是现学，左脚右脚好不容易才协调好，当个公主累出来一身汗。

到了表演那天，七马所有的注意力都在两只脚上，尽量不踩肿王子的脚成了要集中所有精力去关注的事情。可是到十二点她要跑路啊，但七马没跑！什么都不如跳舞，不如跳舞。

"你走！快离开我！"矮个王子急了，因为舞台上的假钟已经指向了十二点。

七马太专注了，还是没听见。王子怒吼起来，他忘了自己胸前有别针麦克风，场下全听见了。家长们一片哄笑，七马更紧张了，把王子的手抓得越来越紧。

"放开我的手！"王子只能用力把七马甩开，"你该走了！"

七马这才意识到该下场了，就把所有台词都换成一句"啊"，连滚带爬地跑了下去。本来下场的时候要在舞台上留一只鞋供王子怀念的，她也没留。王子满场转悠，没有鞋，后面的台词也就没法说下去了。场下已然是欢笑声一片，看前几个节目都快睡着了的家长们掌声雷动。

眼镜大臣处理危机的能力很强，立刻从后台随便找了一只高跟鞋端着上了台。可惜那只高跟鞋是篮球队的"坏姐姐"的巨鞋。可怜的王子双手捧着一只比自己脸还大的高跟鞋说："啊！我美丽的姑娘！你在哪里啊？"

家长们已经欢乐到笑声震天了，可自己演砸的剧跪着也要继续演下去。坏姐姐们照剧本假装穿不上巨鞋，七马却穿上了，站起来以后就像只米老鼠，可周围的人全都要用戏剧腔说："啊，多么合适啊！"

演出结束后，全场起立为我们鼓掌。最后这部剧获得了最佳观众评选奖，据说是百分之百的票数，七马代表大家上台领了奖。

我们并不是王子和公主，从小就不是。每次七马说起砸场灰姑娘的故事，刘兔子就会笑得前仰后合，七马也喜欢想象刘兔子装耶稣。刘兔子爱交际，七马爱独处，原先以为性格的不同会成为我们生活里的阻碍，现在却完全没有。

经常是一个去登山，一个在山腰茶屋读书。登山回来的耶稣会给灰姑娘带回一朵野花，饭香味就飘出来了。这才是我们的童话。

美食于爱

七马Mima｜刘兔子Mika｜

沾白肉（七马）

我小时候有苦夏的毛病，一到炎热的夏天，太咸的不爱吃，太油的也不爱吃，炒菜基本就不吃了。所以每到夏天，姥姥就会用白水煮切片的猪肉、茄子或者豆腐和各种新鲜的蔬菜，再调上一碗喷香的酱汁儿。我姥爷爱听评书，特别是田连元讲的《杨家将》《瓦岗寨》《三国演义》什么的。每天中午评书时间一到，我和姥姥姥爷就会就着酱料和白水煮菜一起听评书。平淡无奇的白水煮肉和菜配上姥姥精心调制的酱料异常好吃，评书也听得激动人心。我想我现在写打斗奇幻故事和公路小说，就是从吃着白水煮肉听评书那时候开始萌生的想法吧。

很少有餐馆有四川沾白肉这道菜，那口味道只存在于家里。姥姥和姥爷去世以后，似乎把评书的声音和沾白肉的味道都带走了。

我也没有自己做过沾白肉吃，却时常用酱油和辣椒油拌饭吃。因为以前每次吃到最后，姥爷都会让我把蘸料倒在米饭里拌着吃，那样最好吃了！

鲜芦笋（刘兔子）

我的父亲是德国人，妈妈是芬兰人，小时候我家住在德国，我们经常会和我父亲家的人聚会。我的奶奶现在已经九十六岁了，身体也不太好，但她以前可是个非常棒的厨师。她年轻时候最高兴的事情就是可以给客人们做饭。每次聚会的时候，我们都会全家人坐在一起吃一顿好吃的，童年的我对这样的聚餐很是向往。

我几乎喜欢奶奶做的所有食物，尤其是初夏的一种咸味薄煎饼。

我父亲的故乡产一种白色的芦笋，大多数小孩都不爱吃，唯独我非常喜欢。一般来说，我们会在午饭的时候吃薄煎饼。做薄煎饼是爷爷的工作，我的祖母会准备切片的火腿和白色芦笋给我们夹在里面，再抹上薄薄一层黄油。

午餐时间，大家围坐在餐桌旁一边吃一边聊天。我的叔叔非常会讲笑话，大家会谈得很愉快。我很喜欢听大人们聊天，即便有时候我并不是很懂他们到底在说什么。

现在奶奶已经不再做饭了，但我的父母还是会在初夏的午餐时间做薄煎饼夹白芦笋。对我来说，这种食物的味道就是初夏的旅行，在暖和的天气里和一家人愉快地聊天。

黑暗素包子（七马）

姥姥病重的时候，我在英国念书。那时候我许了一个愿，如果姥姥的病好转，我就吃两年素。后来她的病好转了，我不敢得罪菩萨，于是开始吃素。闺密也突然宣布自己是素食主义者，所以同为素食主义者的我们因为这一点而更加亲近了。

那时候伦敦还没有像现在有这么多食物很好吃的中餐厅，完全素食的中餐厅几乎没有。作为严格的素食主义者，我们多数时候都会在家里吃。可是闺密完全没有烹饪的基因！她的男友不在家的时候，喂养素食闺密就变成了我责无旁贷的任务。

一次闺密想吃包子，我们买了面粉去她家里做素包子。我负责和面，她负责做包子馅儿。一会儿工夫，这位黑暗料理大师就捧着几种馅儿来了。第一种是茄子和豆腐，第二种是粉丝和海带丝。第一种会变成烂糊糊的，第二种则根本咬不动！

“这是什么？哪有这样的包子馅儿？你这么没有做饭天赋的人就别吃素了，饿了至少可以点个比萨。”

“那谁陪你吃饭？”她继续在空空如也的冰箱里寻找可以做素包子的材料。

“你不是为了陪我才吃素的吧？”

“是啊，难道你不知道吗？”

我愣住，不知道该说什么：“那要不然咱们试试你做的两种馅儿！”

“我就说这可以，尤其是粉丝海带，绝对厉害！”闺密就是这样的性格，像李逵一样，粗中有细。

两年以后我不再吃素，闺密也开始吃大鱼大肉，可那顿全世界最难吃的包子，我永远也不会忘记，我们只是为了陪着彼此。

她现在远嫁美国，而我和兔子要去欧洲。可是我知道，我们还在陪着彼此。

朋友餐（刘兔子）

上大学的时候，我和一个叫Eero的同学合租公寓。我们租的那间公寓有个不错的厨房，而我们也爱自己做饭。我们几乎每天都会做饭，即便用最简单的原料，我们也尽量做出些好吃的来。对穷学生来说，吃饭的预算有限，偶尔去餐馆吃就算是奢侈了。

我们俩的朋友Otto那时候已经开了自己的公司，挣了不少钱。可他的料理技术很糟糕，经常被迫自己一个人去餐馆吃。

所以自然而然的，只要我们聚在一起，就是我和Eero负责做饭，Otto负责买菜买酒。我们经常会这样聚餐，我们也会常常强迫Otto学做饭，但他除了切洋葱以外什么都学不会。我们很快就放弃了对Otto的料理教学，可那段无比黑暗的强迫学习料理过程让我们几个男人的友谊加深不少。即便我们现在都住在不同的国家，我和Eero也很确定，Otto还是不会做饭。

杯子蛋糕（七马）

我在东京工作的时候发现当时的丈夫有外遇，那段时间情绪总是很低落。公司的楼下有一家咖啡馆，客人很少。我总是喜欢一个人去那里坐着，因为没人打搅，想哭的时候还可以哭，也碰不到熟人。

咖啡馆生意不好的原因显而易见——老板只卖咖啡和杯子

蛋糕。东西再好吃也会吃腻的，能选择的太少。每次我去的时候都是下班以后，只要买一杯咖啡，就会得到一个杯子蛋糕。大概是反正没人买，放着也会坏掉吧？我只喝咖啡，从来不碰杯子蛋糕，因为我不喜欢吃杯子蛋糕。

要回国去办理离婚手续的前一天，我又去了这家咖啡馆。咖啡还没有端上来，我的眼泪就没忍住掉了下来。老板端着一个托盘过来，里面除了咖啡以外还有四个杯子蛋糕。

“对不起，我没有要杯子蛋糕。”

“送给你的。”

“送四个？”

他把蛋糕放下，我看见四个杯子蛋糕上都有字，拼出来是一句英语：Don’t cry，be happy.

好多好多杯子蛋糕（刘兔子）

在我来中国之前，我的建筑设计事务所是在赫尔辛基。一次我接到一个电话，电话那头是一对姐妹，她们想开一家专门经营杯子蛋糕的店。他们从一个朋友那里听说了我的公司，想让我们帮她们做设计。可两姐妹的开店预算很有限，她们简直就是现实版的“破产姐妹"。

她们人非常好，可我的事务所不大，接这种预算过低的项目会耽误其他盈利项目的工作，我想拒绝这个几乎不赚钱的项目。

可最后那个姐姐对我说：“请一定帮我们设计，这是我妹妹从小的梦想。我知道我们付不起你的设计费，这样如何？你可以在我们店里免费吃一辈子杯子蛋糕。”

我个人帮她们免费做了简单的设计，店子开业以后生意异常好。每次我经过两姐妹的店门口，她们都会给我几个杯子蛋糕，但其实我非常不爱吃杯子蛋糕。

交子（七马 刘兔子）

我们住在一起以后，自然而然的，七马做亚洲菜，我做欧洲菜。可只有一样食物我们会一起做，就是饺子。

饺子也是一起做饭最合适的食物。我们从和面、擀皮到做馅儿，一套工序下来都会一起做。但我们没有特别多的时间来做这些，而且在家附近我们就可以买到很好的饺子皮。所以我们一般会一起把馅儿做好，然后一起坐下来，一边包饺子一边聊天。饺子让我们有时间聊天，不想聊天的时候也可以一边包饺子一边在电脑上看电影。Hei会在我们脚下跑来跑去，或者盯着我们央求扔给它一些吃的。

这时候，我们真的像一个小小的家庭。饺子源于“更岁交子”，是节庆食物。当人们的生活和感情交织在一起的时候，他们会吃饺子。

Chapter / 06

只有人类
的家庭是不完整的

傻驯鹿

刘兔子 | Mika |

七马第一次去芬兰以前，就对驯鹿的事情问东问西。她想知道驯鹿的所有事情，比如：它们晚上睡觉打呼噜吗?

我完全不明白她为什么会对这种四脚吃草兽那么感兴趣。只因为驯鹿是圣诞老人的交通工具，所以各个国家的人都那么感兴趣? 对于我来说，它们和驴没什么两样。七马甚至有点生气，因为我告诉她驯鹿很烦人，经常导致交通堵塞。对她来说，驯鹿和龙啊、凤凰啊一样，是和天上飞的神一样的动物。

在芬兰，驯鹿都是有主人的。它们就像放养的牛羊一样，非常普通。我很小的时候就每年都会和父母一起到芬兰北部的森林地区去度假一段时间，对驯鹿的印象也是在那个时候留下的。父亲开车的时候经常需要急刹车，因为总有些木头木脑的驯鹿呆呆地站在路中间。芬兰的驯鹿都是半饲养状态，所以它们很习惯看见人类，也一点儿都不怕人。但万一你撞伤了驯鹿，就必须付很多钱给它的主人。在芬兰，没人敢轻易撞伤驯鹿。夏天驯鹿们总站在高速路上吹风，以赶走身上的蚊蝇，这就是为什么它们那么喜欢“碰瓷”的原因。

我们芬兰人都觉得驯鹿其实有点傻，所以在北部开车的人都很不喜欢看到被一大群蚊子罩着的傻乎乎的驯鹿，觉得一点儿都不浪漫，和凤凰飞天的感觉截然不同。

芬兰北部有很多驯鹿，它们的耳朵上都有饲主的编号，所以很难说驯鹿是野生动物。有时候驯鹿也挺好玩的。中学的时候，我和一些朋友去更北边的地方登山，离开营地的时候，有只驯鹿一直很好奇地看着我们。当我们开始走路的时候，它就一路小跑跟上来，就这么保持着一定距离，好奇地跟了我们一天。直到我们点火开始扎营，火苗蹿起来的时候，它才不得不离开。

一次，我带七马去父母家，她吃惊地发现晚饭是驯鹿肉。对她来说，驯鹿很浪漫，浪漫的动物是不能用来吃的，而实际上芬兰的驯鹿多数是肉用养殖的。七马爱吃肉，并且驯鹿肉真的很好吃，所以问题也不是那么难解决。这里的驯鹿吃的都是各种野莓的枝叶，喝的是最好的水。

这顿驯鹿肉也让我们意识到彼此观念的不同。

在芬兰，我们吃很多野生动物的肉。七马起初无法接受，她觉得圈养的可以吃，野生的却不能。可是在这里，我们反倒觉得圈养动物才是受虐待。而野生的，比如野猪，一直在丛林里生活，直到猎枪响起以前它都是快乐的动物。我觉得这样反而比较人道一点。

在芬兰北部度假的最后一天，七马实现了她的愿望。那天早上我们醒来，一头巨大的雄性驯鹿正在院子里安静地吃着带露水的野花。蒙蒙亮的阳光洒在它漂亮的鹿角上，不光是七马，连我都觉得它很美丽。

只有人类的家庭是不完整的

七马Mima ｜刘兔子Mika｜

依照我们的想法，一个家里不能只有一种生物。只有人类的家庭是不完整的，应该是刘兔子、七马、一只猫和一个会说话的机器人。

机器人还稍微遥远，那就先养一只猫吧。

（喵小记一）爱的教育

两年前，我和兔子想养一只小猫。我们想去领养流浪猫，而不是购买。临行之前，我问他为什么养猫不养狗。

他说："猫，你付出很多去爱它们，它们也不会有太多爱反馈回来。以后我们要了孩子也是这样，爱孩子就好了，不要指望孩子来回报你。"

我很感动兔子会这么说，就是在那个时候，我觉得也许可以和这个男人要一个孩子。我可能会变成一个溺爱孩子的妈妈，但他会是个公平的好爸爸。

（喵小记二）长得不好看的猫找不到家

说起这次的领养，还有一段奇妙的故事。那时候，我几乎每天都上各种网站查看领养猫的信息，但领养信息非常多，让我有些挑花了眼。最后在领养机构，刘兔子的一句话让我锁定了一对不太漂亮的小三花猫。

兔子跟我说："如果我们打算领养，就是做好事，那就不要挑猫的年龄和长相，不然长得不好看的猫会永远也找不到家。"

没想到救援组织的人听到我们这么说，却把最好看的一对小猫给抱了出来，大概是因为遇到了领养观念最正确的人吧。我们和另外一对荷兰夫妇分别领养了Hei和他的弟弟Brutus。

一只无敌淘气的小黑猫就这么来到了我们家。

（喵小记三）Hei

我们的房子有个半层的二楼，Hei来的时候还没刘兔子的一只手大。它经常自己玩疯了会从二楼的栏杆缝隙里飞到一楼。无论是白天还是晚上，刘兔子都会立刻跑到楼下去把它给捞回来，还一路小声地安慰它。小小的Hei自己把自己吓了一跳，有点蒙，但躺在爸爸的大手里却可以马上睡着。

Hei（嘿）的名字也是刘兔子取的，Hei在芬兰语里是Hey的意思，也就是"你好"。能说"你好"就是一种缘分。到现在为止，刘兔子每天都要和小猫说"早上好""你好"。无论是早上起床还是晚上回家，都会有个黑色的小身影跑过来迎接我和刘兔子。我们说"你好"，它说"喵"，跟它碰碰鼻子、握握手就是最幸福的时刻。

（喵小记四）猫的“报恩”

刘兔子说，养只猫就像养个孩子，我们要学会给予爱，但不要抱希望得到任何回报。

都说猫不爱主人，七马却不这么觉得。刘兔子出差的时候，平日睡在小窝里的Hei夜夜都会跑来睡在七马旁边。不仅如此，它还会叼来很多小玩具放在七马的床上作为礼物。每天早上醒来，七马都会在枕边发现林林总总许多东西，一般都是Hei的玩具或者家里的小摆设。偶尔也会有Hei从门缝里收来的小广告和印有美女图案的特殊小卡片什么的……

据说，这就是猫的“报恩”了。

父与子

七马｜Mima｜

（喵小记一）喵闹钟

除了会经常从家里二楼的楼梯上“飞”到一楼外，Hei还练就了其他很多把戏。夜里我和刘兔子经常被它疯狂玩耍弄出来的响动吵得睡不着觉，一般都是刘兔子起床把它从一楼捞上来。喵星人夜里会吃很多，Hei加上它的梨花弟弟，别看个子小，食量是不输人的。每到清晨五点，它们玩累了，Hei就站在我脸上用它的小爪子拍我起床，梨花弟弟则坐在床边看。开始是叫，然后会用肉垫轻拍，梨花弟弟还是睁大眼睛看着Hei使坏。要是我故意不醒，它就是一边大叫一边拍，再不醒，它就干脆一个毛屁股坐在你脸上。有一天早上，我觉得呼吸极不顺畅，嘴里全是毛。Hei坐在了我嘴上！我把Hei的屁股“吐”出来以后，它一溜烟跑了，留下有点迟钝的梨花弟弟还坐在床边发呆。

每天五点被弄醒，我已经快神经衰弱了，可是睡功超群的刘兔子完全没问题。他有一套“埋头大法”，无论Hei怎么叫，他把枕头往自己脑袋上一扣就继续睡。我家的被子和枕头是一个花色，有时候我喂完猫回卧室，完全在床上找不到刘兔子，因为他已经用被子和枕头把自己埋隐身了。

有一天，我气急了，把他从枕头里挖出来。

“你管不管啊！我每天都被弄醒！你儿子你管不管啊？”

“怎么它就是我儿子了？明明是黑猫，我那么白。它黑毛，像你的黑头发。”

“什么？！当初是你说喜欢这个捣蛋鬼的，现在你不管了？”

我困到想哭，可刘兔子全不理解。

“你不想让它们进屋，那晚上睡觉把卧室门关上就可以了。”

我们试了几晚，睡觉的时候把门关上，食物和水准备充足，但一点儿用都没有。两只猫从你关门起就在外面叫到撕心裂肺。尤其是Hei，小时候的它叫起来不像普通的猫一样，它的声音是“比钩，比钩”，音调拉得很长，显得特别可怜。这下连刘兔子都无法蒙头了，他开始跳起来开门，安抚它们，和它们玩儿。

“怎么办？我已经开始在办公室打瞌睡了。” 不出几天，刘兔子也受不了了。

我们开始一起到处找方法。网上的文章大多数都告诉你，没办法。只有一篇说，你要好好和猫谈谈，认真说，管用的。这种事儿谁信啊？可我和刘兔子信了，因为这是没办法的办法。于是有一天，我和刘兔子在地毯上坐好，我用零食把Hei引到面前，捧着它的小脑袋，语重心长地说：“你要乖啊！爸爸妈妈都要工作的。不工作，你的零食和猫粮就都没钱买了。”

Hei嘴里叼着半根肉干，睁大眼睛看着我。

我觉得有效果，它似乎受到了震动，眼神在说：你说零食都没有了是什么意思？连这种好吃的肉干也没了吗？

“是的。爸爸妈妈不能好好睡觉，Hei以后就没有小肉干吃了。”我点点头，“五点实在太早了，八点可以，明天八点再叫我们起床好吗？”

它又看了我一眼，吃完肉干就跑了。

“估计谈话没用。”刘兔子撇了撇嘴。

第二天早上，Hei果然一如往常地用肉垫拍我的脸。我气急败坏地起来，一看表，哎呀，八点啊！准准的八点。不是往常的五点也不是七点，而是准准的八点！

真的天上有神灵！我给Hei的早餐加了好多肉干和小鱼。从那天以后，Hei每天都是八点叫我们起床。

（喵小记二）刘兔子，Hei是你儿子！

Hei虽然早上不折腾了，但其他捣蛋的事情仍然在继续。我们发现好多小坏事只发生在我和刘兔子在家的时候，比如把桌上的小物件一掌扫到地上，完全是为了吸引我们的注意力。我们不在家的时候，桌上放什么都安然无事。有一次我对着镜子化妆的时间稍微长了点，它一只猫在那里叫了半天看没人理，就把一只前爪弯成勺状，放到我的口红边上，感觉像是打高尔夫的人在用球杆在球旁边瞄准。

我大喝一声："Hei！不许！"

"啪"的一声，口红就落地了，"球杆"也高兴地跑了。

Hei聪明而且超级黏人。刘兔子和我真的因为它而放弃了好几次旅行计划，每天去上班，关门的那一瞬间都会心碎。

去年圣诞节回欧洲的时候，我们把两只猫托付给了一个作家朋友。回来以后，朋友告诉我Hei打烂了食盆，还吃掉了他家的半幅窗帘。因为窗帘上有个小线头，两只猫奋战了一个晚上。第二天早上，我亲爱的朋友就在阳光中醒来了。

"刘兔子，Hei那么淘气绝对是你儿子！以后旅行再想找人照顾它都难了。"

我说这些话的时候，刘兔子一边抚摸那个捣蛋鬼，一边给它肉干吃。

刘兔子总觉得我对Hei太溺爱，其实他自己完全不知道自己也一样。比如教训完了猫，他马上就给它小鱼干吃。

我们还为怎么教育这个主子看了很多纪录片，甚至还争吵过一次。很多次Hei睡在我的膝盖上，刘兔子明显有醋意。等到Hei睡在他身上的时候，他就会叫我过去看，以此炫耀，自己却连动一下腿都不敢，一直坐到腿麻，接电话都是要我把手机举到他的面前。我管这个叫"遇猫瘫"。

Hei八周大的时候我们送它去绝了育。因为我实在不忍心，是刘兔子带它去的。有人说绝育后的公猫会乖一点儿，可是据后来的情况看来，Hei的淘气完全没有受割掉蛋蛋的任何影响。

但是有一件事情总算是澄清了。

医生在术前把Hei前腿上的毛剃掉了一小块。在Hei黑色的毛发下面，完完全全是雪白的皮肤。我指着那里说："你看！这个淘气蛋完全是你们北欧的基因，刘兔子你还不认你儿子吗？"

结果刘兔子现在到处告诉别人Hei是我和他生的儿子，黑头发，白皮肤。

嘿，你看什么呢？

七马Mima｜刘兔子Mika｜

兔子建议我们写这篇文章，我觉得还蛮Q的一篇。

我实在是个不太善于社交的人，躲在家里看书和写字远远要比和人接触对我来说容易得多。而且面对不同的人，我还会手忙脚乱。但这并不代表我爱我的朋友们少一分。

兔子和我有一个非常要好的朋友是开画廊的，他经常会发一些邀请函请我们去看画展。一般情况下，只我们的外交代表刘兔子去就可以。可是这个朋友专门加了我的微信，特别邀请了我一次。

这件事儿是我有点儿不对，本来答应了周末要去草场地看画展的，可是那个周末三个剧本项目、两本小说的截稿期居然同时逼近，我几乎两天没睡觉。实在没办法，我只能发了一条微信说对不起不能去看画展了，没想到朋友回微信告知我非常生气。

这让我很难过，也不知道该做什么说什么，就呆呆地站在厨房的窗前，刘兔子也进了厨房，看我站在窗口，他走过来，Hei不知道什么时候也过来了，一下跳上我眼前的窗台，我们仨都望着窗外。

“你看什么呢？刘兔子。”我问他。

“我不知道啊，你看什么呢？”他问我。

“喵呜。”Hei说。

我心中原本的难过突然淡了很多，我们仨中间大概只有Hei知道自己在看什么。

Chapter / 07

我们
也会吵架

愤怒的好桌子

刘兔子 | Mika |

像所有夫妻一样，我们也吵架，我们也买家具。但我们总是在搬家，所以我想要买贵的、设计款家具的欲望只能暂时先搁下。那一天，我们准备去一家附带卖肉丸子的北欧大型家具店。在去那里的路上，我和七马因为一件小事吵了起来。大概是那件事太小了，我和七马现在坐在这里想了半天也记不起到底是为什么吵的架。这就是夫妻。

但当我们进了家具店，七马仍然很生气，这个我倒是记得。我们只需要买一张餐桌，可我们必须穿过长长的各种家具区才能到达卖餐桌的地方，七马就越走越生气。后来我们终于找到了餐桌区，有一张桌子立刻被七马看中。我也喜欢这张桌子，但看了一眼标价签后，我劝七马再看看别的。可她完全处于一种“无法交流的愤怒状态”，指着那张桌子说：“我就要这个！买！”

我也不总是很聪明，但我知道有些时候我是必须输的，所以我就乖乖地跑去付钱了。我们把桌子搬回了家。这种长餐桌非常适合我们的家，而且购物结束以后，我们的吵架也结束了。然后她问我这张桌子多少钱，当我告诉她这是那里售价最贵的一张桌子的时候，我看见她脸上有内疚的表情。

现在，这张桌子已经跟着我们在中国搬了好几次家，非常结实，还越看越好看，我们都非常喜欢。我们每天的晚餐、朋友的聚会，还有所有这本书里的插图和文章都是在这张大大的木桌子上完成的。Hei不到一岁的时候还喜欢咬它的桌角磨牙。

现在，当我们看到这张桌子的时候，完全记不起来那天吵架的事情，能想起来的都是欢乐的时光。愤怒的餐桌变成了快乐的桌子。

有的时候，好的结果会从不好的过程里来。

烦人的门

七马 | Mima |

都说如果上帝给你关上了一扇门，一定会为你打开一扇窗。这事儿可真不一定！尤其不是所有的房间都有窗户的。可是，是房间就一定有门。

七马我，素来，和门，有过节！门啊、锁啊，这种东西命里都和我相克。活到这把年纪，被关在门外或是打不开锁的经历不计其数，被关在门里出不去也有两次。

一次是在某著名服装品牌的更衣间，一次是和刘兔子一起出差的时候。

兔子公司的高级项目经理是个非常尽职的女士，只是有时候需要照顾孩子而无法和兔子一起出差。一下子找不到合适的翻译时，我就自告奋勇去当临时助手。去南边的时候，客户往往尽到地主之谊，很热情地招待兔子和我。我每次都悠悠然地享受这种招待。我觉得一个女人最自豪的时刻并不是老公把钱交到你手上的那个时刻，而是听到外人由衷地称赞自己男人的时刻。刘兔子对建筑设计的热爱和才华，还有对人的善良和真诚是每一个与他合作过的人都感受得到的。

那次，充满感激之情的客户帮我们订了当地最大最好的酒店套间，酒店因为淡季客稀，甚至还帮我们升级成了总统套间。

这个套间好大，卧室一共有三间，客厅也有两个，洗手间更有三个之多。

“太好了！一人一个洗手间，再也不用掐表了。哈哈哈！你去别的洗手间。”

一进房间我就乐坏了，拎起化妆包冲进了最大的一间浴室，再把门关上。

两人的生活即使再合拍，也会有勺子碰锅边的情况。一个人住的时候，我喜欢在浴室里消磨比较长的时间，看看书、泡个澡，享受无拘无束的感觉。可是两个人生活在一起，又没有钱租那种大到有两个洗手间的房子，尤其是早上上班前，每个人占用洗手间多久那都是有规定的。五分钟没弄完就要出来，换下一个进去。

你也许会问我，夫妻俩为什么不能一起用洗手间？绝对不！在我和兔子看来，洗手间是比卧室还要私密的地方，也是人尊严的最后一道防线。我们都希望，无论何时，无论多久，我们在对方眼里都能保持最起码的自信和自尊。洗手间是一定不能共用的，洗手间的门也是一定要关上的。

痛痛快快，不计时间地占用洗手间慢慢卸妆是我觉得很高兴的一件事。刘兔子也很识趣地去了别的洗手间。我在镜子前面认认真真地敷面膜、修眉毛，听到刘兔子在“遥远”的别的洗手间开门关门的声音，心里升起一种满足感。

“兔子，以后要是都有总统套间住，就叫我来做翻译啊。给公司省点钱也好，哈哈哈！我真是个好老婆！”

刘兔子没答应我，我听到有电视的声音，好像是粤语的武打片，里面不断有刀剑碰撞和“呼哈呼哈”的打斗声。虽然看不懂，但刘兔子很喜欢看那些绍氏兄弟出品的香港老武打片，飞来飞去的，他觉得很好玩。他还经常想去学功夫，我骗他说要学功夫只有去少林寺，不许喝酒，一年还只能见一次老婆。他想了想说：“那还是算了，不许喝酒不行。”

“哎！怎么光提酒啊，你老婆呢？难道就不想？”我在后面追着问。

“反正已经说了不去少林寺了。”他偷笑着故意不回答。

“不行！你说，到底是喝酒重要还是老婆重要？还有武侠精神呢？刘兔子，你等等我。”

这种时候，他就会在前面越走越快，因为脸上已经笑开花了，只是不想让我看到。男人再被人尊敬，再稳重能担事儿，都会瞬间变成孩子。那时候你也要瞬间变成他的玩伴，无论何时，无论多久。

想到这里，我在面膜后面偷偷笑了。

妆总有卸完的时候，浴室镜子再大也有照腻的时候。当你再也不想看自己的脸时，就该出去了。可，无论我怎么拉怎么拽，这扇厚重的门却怎么都打不开。

面膜做得太久，实在忘了当时这扇门是怎么关上的。我到处找有没有类似锁眼的东西，如果有锁眼，证明也许是不小心撞上了。可是内门，尤其是浴室门，一般不会有锁。找了半天，的确没有，那怎么会死活打不开呢?

接着想到的自然就是呼救，我拿出所有肺活量放声大喊，用力捶门。可不知道为什么，刘兔子就是不答应。再用力一点儿喊！我已经不在乎语言了，“哇”的一通乱叫，只要能超过武打片的声音就好。可刘兔子还没听到。

我有一种不祥的预感，刘兔子睡着了。如果非说刘兔子有一种超能力的话，那就是睡着。他可以睡得很死很死，有大象踩他都不会醒，有老虎舔他也不会醒，我经常嘲笑刘兔子的闹钟是全世界最郁郁不得志的闹钟。

我明知没用地小声喊了几句“救命”和“刘兔子，我想杀了你”后，就彻底放弃了希望。被关在浴室里，别的不说，最大的问题是特别特别无聊！以后都应该拿着手机来洗手间，至少还可以把遭遇写成段子发朋友圈，附上自拍。或者带个Kindle也可以，看几本好小说。可是身边什么都没有。我把洗发水和香皂上的所有字都看了两遍，也没用到两分钟。除了浴缸，浴室里再也没有别的娱乐设施了。幸好找到一罐子浴盐，我把浴缸认真地洗了一遍，放上适量的热水和冷水开始泡澡。

浴盐用完，整个浴室都是水蒸气，我的手都泡皱了皮。可刘兔子这个心大的家伙还是没醒！老婆都要在浴缸里过夜了，他还没醒！

时间是如此漫长和难熬，电视里的港剧早已唱完了结束歌，连广告都不知道播了几个来回，真是想哭。

不知道过了多久以后，房间的电话铃响，应该是客户打来叫我们去吃饭的。兔子这才醒过来，我听到他接电话了，用刚学的几句中文说："等等，等等！我叫Mima."

好的！总算想起来你有老婆了。

我连忙打扮好，站到浴室门口等着被营救。

"刘兔子，我在这儿！快给我开门！"

"你自己为什么不开？"

"我为什么不开？我能打开还会在这里待那么久？"我当时心想，老娘要是可以活着从这里出去，就把刘兔子包饺子吃了。

"你自己开开试试，你能打开的。"

"我真的打不开！试了好几百遍了。"我已经快哭了，"我整个人都趴上去了，这鬼门就是推不开也拉不开。"

门那边，我最亲爱的刘兔子听见我的哭诉后一阵大笑。

"因为这是一扇推拉门，你这样前后推肯定是不行的。"他"哗"地拉开门，站在我面前。

做一天渔夫

七马｜Mima｜

“野猪在‘砰’的一声枪响以前，还是个快乐的家伙。”刘兔子说。

其实人类本身也是生物链里的一环，我们的身体需要肉类，适量地捕杀并不是罪过。关键是一定要控制量，和抱有禁忌，不吃不该吃的。而从自然界获取应该获取的，并不是罪过。在北欧盛行的饮食观念里，吃少量而精良的野生肉类，远远好于每天吃低质量的圈养肉。很多人选择一个星期只吃一顿昂贵的肉，而拒绝购买廉价肉制品。

食材，尤其是肉制品的新鲜和超高的品质保证，在芬兰被做到了极致。我注意到赫尔辛基的餐馆菜单有个特殊之处，每道肉菜的末尾会写上：此道菜所用肉类来自于猎人×××，鱼类来自于渔夫×××。

当地人解释说，这是因为所有的动物捕猎都需要执照和专门的人员，只有经过考试的注册猎人才可以捕杀动物，只有专业渔夫才可以捕鱼，这样很好地控制了肉品的质量和生态平衡，更让你吃得清清楚楚，毫无“看见的鱼不是吃到的鱼”之压力，每条鱼都是实名制。

刘兔子父母家的邻居是那里一位硕果仅存的渔夫，亦是芬兰仅剩的几个渔夫之一。很多国家的首脑都会专程来看他们捕鱼，尤其是冰洞捕鱼，更是难得一见。前几天，他们刚刚接待了某非洲热带国家的国王一家，带着他们去见识凿冰捕鱼。我虽然不是非洲国王，但因为强烈的好奇心也被他们带着一起出去捕鱼。

芬兰北部春天的早晨，家附近零下十六摄氏度，完全结冻的Kosto湖面上有零下三十摄氏度。如果在冬天，湖面温度基本上为零下四十五摄氏度左右。除了眼睛，我全身都包裹得扎实，但渔夫Naumanen兄弟俩却一直抱怨太阳太大，太热了。

的确算个好天气，阳光洒在半米厚的冰面上，冰不但没有化，还被阳光折射出各种颜色。雪地摩托滑在碎钻石一般的粉末状雪里，湖面很大，冰雪的平原一望无际地延伸到山脚下，挺拔的雪松高大到像梦里的巨人，环绕着湖面。

渔夫兄弟俩都很善于开玩笑，他们说这是因为每天在孤寂的冰面上工作时间长了而憋出来的幽默感，有很多时间想段子。他们说的那些事情很难分清楚是真的还是假的。

弟弟Ari说，前几天他在大冰雪暴里捕鱼，突然从远处的冰面上走过来几个人。这么大的冰雪暴，除了不要命的渔夫还会有谁？Ari觉得自己总算见到外星人了。可是外星人跟他说芬兰语：有热咖啡吗？原来那是几个在找寻矿脉的科学家。

我问兄弟俩平时都捕到过什么鱼，他们说一般有美人鱼、鳄鱼等，但今天我们只捕Muikku。这是一种银色的小鱼，只有很冷的水里才有，是芬兰北部的特色鱼种。专业渔夫的素质让他们对这个湖了如指掌，湖水和生存在这里的万物样样被他们细腻地体察着。哪种鱼群会在每天的几点出现在湖的哪个位置，哪种深度，兄弟二人都知道。根据这些经验，渔夫们如上帝一样掌管着Kosto湖。Naumanen家人已经在这个湖当了几代捕鱼人了，他们知道什么时候该捕什么种类的鱼，什么时候应该让哪种鱼繁衍生息。对于市场，他们也总是得以提供应季的新鲜产品。

中国有句俗话叫“包子有肉不在褶上”，渔夫的功底也真的不是吹出来的。银盘一样的湖面上被他们用树枝做了几处标记，哪里下网也是玄妙不可言的经验。用电锯锯开二十厘米深的冰面则算硬功夫，硕大的渔网基本要覆盖四分之一的湖面。网从一个标记点放下去，魔法就开始了。

系住网的是一艘金属小船，它可以在冰面下顺着湖水的流动飘向另外一个标记点。弟弟Ari要在冰面上步行跟踪这艘牵引渔网的金属小船，直到到达下一个标记点，再凿开冰面把小船拉上来，布网就算真正完成了。整个过程中所有人都必须保持安静，好让Ari可以听见冰面下的动静。我问为什么不可以在牵引网的船上装置热闹的彩铃，这样Ari的工作将会有趣很多。这真是一个非专业人士的外行主意：鱼群对声音非常敏感，任何和自然声不和谐的响动都会驱散它们，金属船和冰面撞击的声音却不会干扰它们。

我们在湖面的另一端，远远地望着Ari一步一步地跟着响声走。不知道走了多久，哥哥Veikko说开始凿冰，船要到了。Veikko和他的小舅子Tauno Määttä刚锯开冰面，Ari就到了，时间算得分毫不差。刚挪开厚冰，牵引船的一角便如潜艇冲出水面，足以引发尖叫的瞬间，渔夫和湖水的默契令人惊叹。

Ari一边喝着湖水煮开的热咖啡一边说，Kosto湖有个女神，像他老婆一样给他煮咖啡，送上新鲜的鱼，所以他也要温柔地对她。这是只有Naumanen家的人才能开的玩笑，而不会冒犯，因为他们的的确确拥有和照顾着这片湖。

布网完成后是漫长而不枯燥的等待，三四个小时在Naumanen

兄弟似真似假的玩笑里飞速度过，当然还有热咖啡和烤肠。渔夫们早就学会了如何在冰雪覆盖的湖面上生火烧烤。

Naumanen的邻居来探访我们，夫妇俩用雪地摩托拖着一座红色木质房子，屋顶的小烟囱还冒着烟。他们在地板上开了个方洞，方便在凿开的冰面上冰钓，迷你小房子里有暖炉和吃的。真的如Ari所说，只缺外星人了。

我这种旁观者的视角其实不够客观公平，从兄弟俩的手上和脸上可以看得出，每天在冰面上捕鱼其实异常艰苦，甚至是危险的。我只是遇上了一个好天气，渔夫们用独特的幽默感调侃着辛苦的工作和生火，零下二三十度的气温让哥哥Veikko抱怨自己都热出汗来了。

收网前，兄弟俩让我猜到底会有多少收获。我随便根据电视里看到的银鱼乱飞的画面蒙了个数字。Ari笑着扔了一条小鱼在我手里，翻腾的它还没有我的手指粗。

大概又忙了三四个小时，一条一条地把这么小的Muikku从渔网上捡下来才是真正的苦活儿。大自然的馈赠是有限的，兄弟两人格外珍惜，一两条从桶里跳出来的小鱼都被他们小心认真地捡回去。只有看到如此场景，才知道浪费有多可耻。刘兔子告诉我，兄弟俩把这些并不多的鱼带回去后，Veikko的太太等人便会加入进来，三四个人要忙到深夜才能把所有鱼都刨除内脏清洗干净，以备运输。兄弟俩会看一会儿电视就上床睡觉，准备明天一大早再次捕鱼。

因为我帮着拉了几下渔网，兄弟两人也分了我们一些鱼。我并没对这些虾米一般的小鱼有任何期待，刘兔子妈妈也只是简单地把它们裹上黑麦粉炸了一下。可是那鲜美酥松且极其浓烈的鱼香却让我口水四溢，没想到这么小的鱼居然可以如此好吃。

“快乐的动物就是比较好吃，这就是野生肉类的魅力！”刘兔子一个劲儿地往我盘子里扒拉Muikku。

这次捕鱼还有个小小的尾声——

从芬兰北部回到赫尔辛基后，我不太偶然地在一家米其林餐厅的菜单上看到了熟悉的名字。雅致的烫金字体赫然印着Naumanen家兄弟两人的名字，还有今日新鲜的鱼由渔夫Veikko Naumanen、Ari Naumanen和中国来的七马提供。

还魂水

七马 | Mima |

总的来说，刘兔子是很喜欢中国食物的，就连很多老外闻之即恐的“千年老蛋”，也就是松花蛋，他都非常爱吃。他吃川菜、粤菜也不成问题。

但是他和我抱怨过一样东西——凉茶。这种在广州、香港的夏天最常见的饮料是刘兔子的克星。我只让他喝了一次，他就念叨了好久，说那股怪味道在嘴里一个月都消散不了。总的来说，刘兔子不喜欢一切中草药的味道。

2016年的冬天，刘兔子重感冒，怎么都好不了。医生说他的感冒和一般感冒不一样，是肠胃感冒。我想起了藿香正气水，也许是最后一招。

“刘兔子啊，有一种很有用的中药，吃几次你的感冒就会好。但是啊，超级难喝，超级难喝！我们中国人叫他还魂水，死人喝了都会醒过来。”我打开一瓶藿香正气水，“你要不要喝？”

喝藿香正气水真的几乎能治百病，但也是我童年的恐怖回忆之一。连凉茶都那么不喜欢的刘兔子不知道会怎样?

如果不是病了太久影响到工作，我觉得刘兔子是死活都不会喝我手里的怪东西的。可现在他居然一仰头就把一瓶给喝了。

“真难喝。”

“你就当是鸡尾酒。”

“亏你想得出。”刘兔子表情痛苦，我往他嘴里塞了一块巧克力。

藿香正气水的威力发挥得很快，喝了两三天，每天两瓶，刘兔子的病果然就好了。他也开始注意保暖，格外怕再生病，其实是怕再次喝还魂水。

我和闺密讲了刘兔子喝还魂水的故事。

“可是七马，藿香正气水有胶囊啊，你为什么非要他喝瓶装的液体？而且一次半瓶就好了，喝一瓶干吗？”闺密说。

“这些你可千万别告诉刘兔子啊，我就喜欢看他喝药时的脸。”

砍价之魂

七马 | Mima |

走过很多地方，只被打劫过两次。第一次是在古巴，大学的时候我一个人旅行去了古巴，还没到酒店，行李和随身的所有物件就被抢了个精光，身上既没有护照也没有一分钱，唯一剩下的东西是一尊刚买来的格瓦拉半身像。

老天爷似乎还嫌我不够惨，在这个时候下起了瓢泼大雨。我看着手里鲜红色的格瓦拉英雄雕像慢慢开始褪色，红色的颜料顺着我的胳膊流淌下来，格瓦拉几分钟就变成了小白人。

我在心里怒吼：我这辈子绝对再也不要被抢劫了。与其被抢劫，不如我去抢别人吧！

2016年的秋天，我和三个好朋友兼同事一起来了一次说走就走的摩洛哥之旅。我们到摩洛哥的第一站就是世界十大抢骗之都马拉喀什。刚到那里的第一天，我们就迫不及待地想要上街去转转。房东追着告诉我们怎么走，我只记得他说最好晚上六点以前回来，不要在外面逗留太晚。临出门的时候，刘兔子的网络电话来了，我匆匆地和他说了两句就急着要出门，其他姑娘更关心的是上街应该戴哪条头巾。我们几个都三心二意的，刘兔子的话我没听到太多，就记得要砍价，要砍价！

马拉喀什真是不小，没去几个地方天色就暗了下来，六点很快就到了。我们开始往旅馆的方向走。

“你拿房东给咱们写的地址了吗？”

“我还以为你拿了。”

“到底谁拿了？”

不出几分钟我们发现，其实谁都没有拿地址，都以为另外的人拿了。糟糕，不认识路还怎么回去?

然而女人永远是智慧的，我们没有慌张。一个同事从相机里翻出一张街道照片，说是在门口附近拍的。我想起来我们的门牌号是数字7，另外一个同事说门口有两棵树，还有一个同事提醒大家有几个当地孩子在踢足球。

然后我们开始问路:“我们的旅馆在这张照片附近,门牌号是7,有两棵树,还有一群孩子在踢足球,你知道我们该怎么走吗?”

这样问自然没人给我们指路，我们也不想问了。就在此时，“救星”出现了，一个皮肤黝黑的当地人拦住我们的去路。

“我知道这个地方在哪里，跟我走吧。”他二话不说就带着我们走起来。

所谓急病乱投医,实在没有方向感的我们也只能跟着他走。其实后来才知道完全是胡乱走,途中我们也不是丝毫没有质疑过。

“这是哪儿啊？我们不记得来过这里。”

“今天是宰牲节,很多路六点以后都被封死了,只能绕道。”

“喂，兄弟，这条路好像走了两次？”

“你们是不相信我吗？”他恼羞成怒。

我开始觉得这家伙有问题，他把我们带到了一条街的街口。

“往里面走，再左转，就是你们住的地方了。”他随手指着一条街，“现在，你们给我钱吧，还要谢谢我。”

“你为什么不把我们带到门口？到了的话，我们的房东会给你指路费。”我说。

这时候已经很明显，他在抢劫呢。除了这个指路的人以外，不知道从哪里又冒出来几个他的同伙。说实话，我们四个女孩面对几个阿拉伯男人，还是觉得有些害怕的。

“每人给我两百欧元，一共八百欧元。”他说。

我们读过网上的文章，说在摩洛哥指路的人有时候会跟你索要指路费，但一般也就是十到二十元迪拉姆，相当于十元人民币左右，这家伙明显是在打劫我们！

为了安全，钱是要给的。但刘兔子在电话里说的要砍价这句话不知为什么突然映入我的脑海。

“能不能少一点？”我壮着胆子说，“况且你也没有把我们带到地点啊。如果你们把我们带到门口，我们可以给你那么多钱，但你并没有带到，所以我们现在也没有那么多钱。”

我几乎确定这个家伙也不知道我们住的那个地方到底在哪儿，连我们都不知道，他又怎么会知道？

接下来好玩的事情就发生了，整个谈判持续了很久。我和指路的家伙是英语最好的两个，每说一句话，我就需要给同事们翻译，他也需要给他一起抢劫的同伙翻译成阿拉伯语。

“我们没有八百欧元，只有一点儿。”

“你们有多少？”

“四十迪拉姆。”这是我用中文和同事们交流的结果，我们假装只摸出来四十迪拉姆，相当于不到三十元人民币。

“那好吧，”他接过来，“你们很有勇气。我们就喜欢砍价，砍价的人有交流。祝你们一天快乐。”

这家伙居然高高兴兴地拿着钱和他的同伙走了。我们四人长舒了一口气，虽然有些惊险，但结果却有喜剧效果。不过最好的是，我们居然凭着那张照片和记忆最终找回了旅馆。

“兔子，砍价是对的！在摩洛哥一定要砍价。”再和刘兔子打电话的时候我对他说。

世界浴室记

刘兔子｜Mika｜

有一件事情是我住在中国期间最想念的，那就是去公共浴室洗澡。

寒冷的芬兰，无论大城市还是小镇子，几乎家家都有桑拿，甚至在很多公寓楼里，地下两层都会设置桑拿房。但人们还是会去公共桑拿，因为那是社交活动的一部分。人们会邀请家人和朋友们一起去蒸桑拿，桑拿可以帮助人们放松神经并且变得高兴，冬天还是预防感冒的好方法。桑拿房就是我们芬兰人的寺庙，是很干净的地方，在我祖父母那个时代，很多孩子都是在桑拿房里出生的。我们芬兰人还会在桑拿房里开会，很重要的会议哦，决定政策和商务的会谈都可以在桑拿房里举行。在桑拿房里开会的好处是，不会有太多废话，在那么热的屋子里待不了多久，必须立刻说重点。

大概是因为这个原因，我去哪里旅游都会去洗个澡。在日本，我去泡过很多的温泉，他们叫泡汤，身体泡在温暖的水里，脖子露出来呼吸清冷的空气非常舒服，有景观的山林户外温泉实在是最典雅的享受。

最有趣的一次洗澡是在冰岛，我和好友去那里徒步旅行，在山林里发现了一个绝佳的地方。那是一个灌满冰山水的水池，但是在水池的中间有一个温泉口，冷水和热水非常好地混合在一起。我们把帐篷置在天然水池的边上，泡在温泉里看晚霞和山间的日出。

第二天早晨，我们刚从帐篷里爬出来，就又一头扎进温泉里去了。

可我们不知道的是，这个“神秘的温泉”其实离高速路并没有那么远。正泡得高兴，我远远地看见了一辆大巴车，它停了下来，一群游客从上面下来走向我们。

他们开始给泡在温泉里的几乎裸体的我们俩拍照，就好像我们是什么著名景点一样。我们想告诉游客们我们并不是当地土著，我们也是游客。可这群西班牙游客根本听不懂……我不禁想到，我的半裸体照片会出现在一些西班牙家庭的相册或者相框里，这是多么古怪的事情……

在土耳其的伊斯坦布尔，我当然不会忘了去著名的土耳其浴室。浴室的中央是一个巨大的白色大理石圆盘，从中间加热以后，蒸汽就会布满整个房间。当蒸汽在身体上凝结以后，我被要求在一块巨大的白色石头上躺平。土耳其蒸汽浴室的温度没有芬兰的桑拿房那么高，所以在石头上躺一会儿对我来说不是什么太大的问题，比较难以忍受的是随之而来的土耳其手法按摩。这和中国式的按摩完全不是一回事儿，一个留着络腮大胡子的大汉用力地在我身上来回揉搓，就像一般农夫洗土豆那样。不一会儿，我就觉得自己的骨头已经全部碎掉，皮也被他揉搓下来了。可之后的感觉就像再生了一样！

和七马一起在摩洛哥旅行的时候，我们也非常想体验当地著名的“哈曼”。住在非斯的时候，我在古城区发现了一家很传统的当地人哈曼，听说已经有四百多年的历史了。很可惜的是，我和七马不能一起去。因为这个古老的哈曼并没有男女的分区，男人和女人各自有自己的时间段，男人们只能在早上和晚上去洗澡，白天的时间都是留给女人们的。

因为没办法和七马一起去，我有点想放弃去哈曼的计划，可七马却鼓励我一定要去。她知道我多喜欢体验这些公共浴室，公共浴室对我们芬兰人来说是一种独特的社交文化。

过了几天，突然有几个芬兰的朋友联系我说，他们也要到摩洛哥旅游，并且第二天也会到非斯古城。七马很高兴，因为如果芬兰的朋友来了，我们就可以一起去哈曼了。我不想把七马一个人扔下，但她说没关系，找了几个摩洛哥朋友一起去喝茶了，我都不知道她们是什么时候认识的。七马平时很安静，却有独特的方法交朋友，这是她的魅力所在，对这一点我毫不怀疑。

古城里的哈曼非常难找，如果不是有一个当地人带路，我们几个外国人根本不可能找到。

我们从一条小巷子的尽头一扇很小的门钻进去，那里有一间挂满了衣服的小房间，还有几张长凳。一个年纪很大的摩洛哥男人让我们进去，并且问我们是不要也要搓澡，我们脱光衣服，只穿着游泳裤，被另外一个人带进其他房间，可以看到这里一共有三个房间。

这家哈曼非常简朴，而且也不大。石板地面，瓷砖墙，还有已经被蒸汽熏得非常老旧的屋顶。没有任何装饰也没有窗户，除了有几个小半开的隔间外，没有什么特别的地方。

像土耳其浴室那样，这里的地面也是从下面加热过的。哈曼和土耳其浴室一样，都是罗马人把洗蒸汽浴的习惯带入当地的。这种两千年前的方法一直被这样的当地浴室保留和传承着。

领我们进来的人让我们直接坐在加热过的地板上，当我们的身体全都热起来的时候，搓澡的人便提着两大桶热水走了进来。他开始往我们身上浇水，然后我们又被领到另外一间屋子里。

我们还是伸展四肢平躺在热地板上，搓澡的人会用一些黑色的肥皂和搓澡巾不停地擦拭我的皮肤，直到除去所有的死皮。之后他还会拉扯我们的胳膊和腿，并且给我们做了一个时间很短的背部按摩。按摩以后又是一大桶水从头浇下来，我从来没感觉这么干净过。

第三个房间是一个温度稍微低一些的房间，我们坐在木头凳子上让身体的温度降下来。一个人提着两桶水进来，说了一些阿拉伯语。我们不知道他在说什么，但是根据他的表情判断，这家伙是要在我们身上泼凉水。我们屏住呼吸，准备接受这冷水一击。其实那桶水并不算太冷，对从寒冷的芬兰来摩洛哥的我们来说，这都没有我们的自来水冷。

从哈曼出来以后，非斯古城的街道已经非常安静，所有的商铺都关了门。我给七马发了一条消息：我在回来的路上了，特别特别干净。

猴洗澡

七马｜Mima｜

一个人的生活，很难谈得上是生活。并不是说一个人不好，但如果谈生活，还是需要两个人的。

一个人吃饭、一个人看电影的生活我过了五年，直到遇上刘兔子，我再也不想一个人生活了。两个人买菜，两个人做饭，那才叫生活！

就像生活需要两个人一样，有些小小的突发事件也需要多种因素混合产生作用。在我家，有一种奇异现象叫“猴洗澡”，一年会发生一两次。

我有个坏习惯，就是瓶盖总也拧不紧，也许是手劲儿小，也许就是马虎大意。这让刘兔子很苦恼。

有一次，我们两人拌嘴，刘兔子不高兴了，走到厨房拿起一瓶两升的矿泉水。他生我气的时候喜欢大口喝水。

我还在起居室生气，听到刘兔子在厨房发出的声音，跑过去一看，兔子整个人都湿透了。

“怎么搞的？”我已经生气不起来了，看着刘兔子身上的毛衣往下滴水的狼狈样子，我笑得前仰后合。

“你又不把矿泉水盖子拧紧！”

画面太好笑，刘兔子想生气，可就是生气不起来。

因素一，我喝完水以后，盖子没拧紧。

因素二，矿泉水只剩了大半瓶，而且塑料瓶子质量一般，比较薄，比较软。

因素三，生气的刘兔子握瓶子的力气太大了。

这三种因素混合在一起，刘兔子拿起矿泉水喝的时候，水就像喷泉一样从瓶口浇了他一身。

至于之前我和他因为什么拌嘴闹别扭已经想不起来了，可“猴洗澡”的事情似乎可以记一辈子，笑一辈子。

这大概就是生活需要两个人来完成的原因吧。

Chapter ／ 08

我们
的桃花源

北京搜房记

七马Mima ｜刘兔子Mika｜

七马和刘兔子在房子这件事情上不是特别幸运。

刘兔子在长期的搬家战斗中练成了秒打包、秒拆包的技能，七马更是经常把一些淘宝上推荐的家具和搬家公司收藏在购物车里随时取用。她是搬家纸箱专家，要是你和她聊纸箱，她能滔滔不绝地说一下午，有扣手的，没扣手的，多大的纸箱承重多少，那叫一个无法想象的专业。

几年前，一声巨响把我们从住了三年的楼里炸了出去。邻居家的煤气爆炸，让我们踏上了在北京找房租房的道路。

刘兔子和所有老外一样，觉得在北京住胡同特浪漫。于是我们坐在房屋中介的摩托车后面看了大大小小几十家胡同里的房子，手机里全是北京的各路胡同房中介。其实现在想起来非常好玩儿，这也是我们探索这种城市的一种方式，对刘兔子来说如此，对七马来说更是，这座城市用这种方式在他们面前打开了另外一个维度。

有一次我们被中介带着去看胡同房，虽然在一条环境很好的胡同里，却是个杂院。我们和中介一起等了两个多小时，才有一个脾气很坏的老头拿着钥匙出现。院子里有一排房子，只有一间是空的。打开门，里面一群麻雀飞出来，满地的落叶不知道有几年没有清扫过了。没有厨房，洗手间是公用的，整个面积只有十平方米左右。我们当时就婉转地回复中介说也许不会考虑这里，那个古怪的老头一边拿钥匙锁上房门一边说：我就知道你们不会要，两个人住，这房子太大了。

我还看过一处房子，每个房间都在不同的建筑里。要想从卧室到厨房就必须出门，再要想去客厅甚至还要过条小街。

我们的经验是房屋中介的图片都是不可信的。刘兔子说这跟卖二手车的广告一样，你看见的照片是奥迪，实际上却只是同款而已。

我们在老城区找到了一套两层楼的胡同房子。这套房子有一个屋顶露台，可以看见绿树和水面。虽然超出我们俩的预算很多，但我们还是咬着牙搬了进去。

搬进去的时候真的很高兴，我们整天忙着置办新家具，甚至还领养了Hei，毕竟我们有了那么大一个家。但是梦一样浪漫的胡同生活并没有来临，随之而来的是夏天的雨：外面下小雨，家里漏雨水；外面下大雨，家里就要抗洪。胡同房质量非常不好，窗子里漏进来的水就像打开了龙王庙的水龙头。我们用浴巾在一楼擦地，Hei就兴致勃勃地在干燥的高处看我们。更麻烦的是，这套房子里完全没有手机信号，淘宝上买的信号增强器也只能起到一点儿作用。只要估计会有工作上的电话，我们就必须站到露台上不能下来，或者到胡同里乱走等电话。有棵树从我们的大客厅中间穿过，随时会有各种昆虫来访。蜘蛛和壁虎都是老朋友了，甚至蝎子都出现在了刘兔子的裤兜里。但这些还不算是最打搅我们生活的生物，游客、摇着小旗子的老城区旅行团才是烦人的极限。很多次，旅行团的导游直接站在我们的大门前开始讲解，只因我们住的地方和一个很有名的作家故居在同一条胡同里。我们经常吃着饭听门外的导游说：这里曾经住着一个女作家，但她已经去世了。七马好想穿着白衣冲出去喊“我没死”。

我们很努力地在老城区生活了，不，幸存了半年，终于决心埋葬我们住胡同的浪漫梦想，重新搬回“城里”。这一次，我们搬进了普通的现代社区里；这一次，我们只想要平静地生活。

现代社区生活方便，刘兔子可以随时在专门为外国人服务的超市买到红酒和奶酪，随处可见咖啡馆和酒吧，银行工作人员可以说英语。七马出门走十米就能到干洗店，一切都整齐干净，再也不用站在雨水里挥泪如雨。

两年多的生活就这样安静而方便地过去，我们都知道，这是定居北京的最后一年了。我们互相看了一眼，一起决定，搬家!

这一次，我们在真正安静美丽的北京老城区找到了一处非常漂亮的小房子，还带着一个很小的院子。院子里有两棵树，一棵是石榴树，另外一棵也是石榴树。

这一次，即便下雨，即便漏水，即便有蜘蛛蚊子，即便没有手机信号，我们都打算住满一年。因为那种浪漫的情怀还在我们的心里荡漾，永不会消散。

我们的桃花源

刘兔子｜Mika｜

我觉得我们在北京住的这个地方是被时间泡沫保存了的，漂浮在现代以外的地方。七马说，这样的地方在中国叫“桃花源”。

我们两个“外漂”在北京住了这么几年，印象最深的就是搬家，搬家，搬家。房租每年都会涨几千块，和房东辛苦砍价不如另外找房子。有时候会幸运地遇见好房东，但也许房子不会太好。房子好了，房东往往又很刁钻。总之因为经常换房子的缘故，家的感觉一直没有找到。自从去年我们搬进了这个房子，总算觉得在这座城市里有了一个属于七马和我的家。

我还记得有一天回家以后我跟七马说：“现在回家看着这个漂亮的房子，我还是不敢相信我们会这么幸运。我总算可以给你布置一间书房了。”

七马正在看书，眼泪突然就流了下来。

其实这个房子也许只是对于我和七马来说是完美的，因为它只是一栋红砖楼而已。可我们的院子是文物古迹单位，非常安静，还有好多树。能用有限的预算在北京这座喧闹的北方城市拥有满眼的绿色和醉人的宁静实在让我们觉得很奢侈。是的，这个院子最迷人的地方就是这里面种了大大小小、高低错落的好多种树和灌木，它们的枝头上还经常停着各种漂亮的小鸟。天气好的时候，我们会一直开着窗户，听着鸟叫。

这里还有很多野猫，它们都生活得很好，因为这里的人们会喂食和照顾它们。七马听邻居说它们是保护古建筑不被老鼠啃坏的功臣，所以在每个房子的拐角处都备有给野猫们准备的水碗和食盆，七马也加入了喂野猫的大队伍。今年冬天，她担心大的野猫吃太多，小野猫会没有吃，还站在外面维持野猫吃饭的秩序，结果自己得了重感冒。可是有这么多好人喂猫，那猫们还抓老鼠吗？但七马和好心的邻居们显然不关心这些，只关心猫们吃不吃得饱。

冬天在户外太冷，但是春天、夏天和秋天都非常美。这个院子里有一些古建筑和红砖楼在一起，周围的灌木和树会开满鲜花，秋天还会有各种果实。七马喜欢在院子里跑步，她说这让她想起自己童年时的北京。我不像七马那样有对北京的童年回忆，但是我记得第一次来这里的时候是夏天，热空气里有很好闻的味道，那是院子里那些大雪松散发出的松油香味。这是我对这里的第一次记忆，也许以后不在北京了，我会很想念。

这里没有噪音，有草木的芳香、典雅的古建筑、悦耳的鸟叫、可爱的野猫。并且除了这些美好的环境以外，还有善良的老北京们。我们的邻居每天看到我都会对我笑，说“你好”，有些人还会说“Hello，good morning”。他们让我这个唯一的外国人感觉到北京是我的家。大家一起把这个院子当成自己的家实在是一件美好的事情，我常常看到一些大爷大妈会把地上的垃圾和烟头捡起来扔进附近的垃圾桶。

当然，也不是所有的事情都是完美的，我们家里有蚂蚁！因为是老房子的关系，外面又有院子，土里的蚂蚁会从红砖墙的缝隙里爬到屋里来。七马喜欢在客厅里放果盘，有一次苹果上爬满了蚂蚁。我们用了好多办法和蚂蚁们战斗，最有效的办法是把所有洞口给堵上，但是过一段时间它们又会打出新的洞口。Hei倒是很喜欢它们，每当他全神贯注地看着地板的时候，我们就知道又要开始补洞口了。

我们说这是我们的桃花源，但如果你来了我们的家也许会失望。暖气很老，冬天屋子里有些冷。煤气系统也很老，去年刚刚把煤气罐换成天然气，可无法在网上缴费，要跑到很远的银行柜台去充值。在有些人的眼里，这只不过是个老房子而已，生活的便利程度远远比不上北京很多新的小区，不过我和七马简直爱死了这里。

Hei也喜欢，它每天都要站在窗台上看鸟，看飞来飞去的蝴蝶，看窗外的人。因为外面野猫很多，我们不敢放Hei出去玩。我们窗前的小院子里有两棵很大的石榴树，据房东说这两棵是古树，一些野猫会爬到它的枝干上面晒太阳。Hei特别喜欢其中一只白色的，我们怀疑那是只母猫。每次Hei都会叫我们一起看它的“朋友们”晒太阳。

说起我们窗口的小花园，这是我和七马最喜欢这个房子的地方之一。花园非常小，被两棵石榴树的树冠罩满了。房东因为常年不住在这里，花园都荒废了，砖石、垃圾和杂草混在一起。搬进来的那个夏天，我和七马买了干活用的手套，用了一下午才把几年的落叶和垃圾清理干净，露出了下面的泥土，还挖出了高高低低的几口大缸以及大花盆，再用碎砖铺出来一条曲曲折折的小路。院子里有个水龙头能出水，今年夏天，我打算用这几口大缸加上一些小水泵做个有高低差的小水器，既可以灌溉花园，还可以给树上停留的鸟儿做饮水处。上次回芬兰的时候，我们带回来一些芬兰蔬菜的种子，七马从淘宝上又买了些中国蔬菜的种子。等天气暖和了，我们会把它们都种在花盆里。

有水，有树，有鸟叫，我们小小的桃花源就是这里了。

再也不办大派对了

刘兔子 | Mika |

我喜欢开大派对，因为那样可以见到很多很多的朋友，而七马比较喜欢和一个或者几个朋友单独见面，所以我们一般不会在家里开很大的派对。但因为这个房子，我们做了一个例外的决定。我们是夏末搬进来的，天气很好，而且有屋顶露台，又有院子可以做户外的派对场地，这是绝佳的暖房派对机会！就连很烦人多的七马都觉得不开派对实在是浪费了。

我们邀请了很多人，我们以为大部分人可能会因为某种原因而无法参加。可后来不但所有人都确认出席了，绝大多数人还带来了他们的朋友！整个派对的规模一下子比我们预期的大了很多。

“北京真的有好多孤独的外国灵魂在等着我们的派对收割啊。”七马看着名单这样说，似乎她可以吃掉几个灵魂一样。

人太多，我们没办法做吃的，只能从餐厅外带了很多食物和啤酒，还在屋顶露台上放了个烧烤用的小炉子。因为知道派对一定会持续到夜里，七马和我买了一排灯沿着露台的边缘装饰上。七马还很浪漫地用一个租来的投影器在屋顶的一面白墙上放映无声的黑白电影。也许是屋顶露台布置得太有气氛，尽管我们在起居室和院子里也放了酒和食物，可是所有人都挤到了不太大的露台上。露台上的人越来越多，连转身都很困难。

七马很担心露台的地板不能承受那么多人的重量，她担心明天早上的新闻是：民居屋顶露台倒塌，全北京的建筑师都死了。

客人们总是不会同时到，好多还不善于找路，能说中文和英语的七马几乎从下午开始就一直在接电话、接人接到晚上派对结束。她没有抱怨，但是我发现她连吃口东西的时间都没有，更不要说和客人们交谈享受派对的乐趣了。这也是我们以后再也不会办这么大派对的原因。

我想下去帮她的忙，可是通往露台的楼梯上也站满了人。其实开一个派对的工作很多，啤酒和各种饮料瞬间就喝完了，我要不停地从楼下的冰箱里搬新的啤酒上来，其间还要为客人们相互介绍认识。这在无比拥挤的露台上几乎变成了不可能完成的任务。

接着，我又发现了夏天派对的另外一些问题，啤酒一定要是冰的才好。于是我买了一个很大的透明塑料箱，把很多冰块和所有的啤酒饮料都放在里面充当临时的露台冰箱。可是天气很热，冰化得太快，即便我不停地加冰，不一会儿也都化成了水。但客人们倒是不介意伸手从水里捞啤酒。我干着这些活儿的时候还在寻找七马，看看她需不需要我帮忙。其实后来她告诉我，她整个晚上都在接人、送人。我们的家已经被朋友和朋友带来的朋友完全占据了。

下午的时候露台上还有阳光，到了晚上人最多的时候，我才发现露台根本没有电。应急的办法是马上找来一些蜡烛放在大塑料盒的周围还有桌子上，让大家可以找到吃的和啤酒。不过我也很担心，怕太拥挤，会有人的衣服或者女孩的头发无意间被蜡烛的火苗点着。我心里想着，如果发生这样的事情，我就把一桶冰水都浇到那个朋友身上，好救他一命。幸好这样的事情并没有发生。

这个晚上，露台没有人被踩踏，也没有人的头发被蜡烛烧着。到了深夜三点，大部分人还在露台上挽起袖子从水里捞啤酒，谈笑风生。你知道吗？客人们根本不需要主人的招待，自己玩得挺好的，而且我也不太可能都招待他们，因为大概有一半的人我都不知道是谁。我唯一不放心的就是七马，一晚上都没有见到她了。我看见楼下院子里不停地还有客人进来，这时七马终于出现了，她疲惫地对我说："怎么办？怎么才能结束这个派对？刚接了电话，有些人清晨四点还要来。"

最简单粗暴的办法就是停止供应酒水，希望客人们可以被渴回家，但这个办法似乎并不奏效。大家的兴致都很高，有些人还自己带来了西瓜。且大多数客人都是外国人，他们一般都会带瓶酒来参加派对，现在有些酒瓶已经被打开了。

"你的朋友都无家可归，不睡觉的吗？"七马偷偷和我说。我看见她的眼睛都困得睁不开了。

"里面也有你的朋友。"我说。

"哦，对。你看那个根本不会说中文的老外和那个根本不会说英文的朋友聊得多开心，喝了酒就是四海之内皆朋友。"七马咬牙切齿。

最有意思的是，我们发现派对的人群里还出现了一些附近的大爷大妈。他们也加入进来分吃不知道从哪里来的西瓜，又或许西瓜本就是他们带来的，并且他们还带来了小凳子和蒲扇。七马的眼睛像熊猫，吃着来路不明的瓜子，我知道必须强行把客人们送走了。

好不容易清干净了所有人，最后一拨朋友，那些说要清晨四点来的居然到了，还带了暖屋的礼物。我和七马实在不忍心，又陪他们喝了一杯才把他们推出门外。

那时候天已经快亮了。我和七马看了一眼露台上的惨状，实在没有力气上去收拾，连衣服都没脱就倒在床上睡着了。不知道睡了多久，七马突然把我推醒。

“露台上还有人吗？”她吓坏了，“我听见了声音。”

“不可能吧。所有人都走啦，我连洗手间都检查了。”

可露台上果然有声音，好像是有人在翻找什么东西，还有啤酒瓶子被踢倒的声音。我难道忘了锁门?

我抄起一个网球拍，慢慢地往楼梯上走，七马拿着手机跟着我。不知道露台上到底有几个人，是喝醉的朋友或是闯进来的强盗？我们俩都有点担心。

原来是露台上剩下的烤鸡翅引来了附近的野猫，人类的派对完了，它们的派对才开始。一大群野猫在露台上抢夺鸡翅和烤肉，打得不可开交，周围还有一些看热闹起哄的麻雀。

我们上去的时候吓走了一些野猫，另外有些忙着抢吃的根本顾不上我们。还有几只大概喝了客人们剩下的啤酒，踉踉跄跄如酒鬼。

“还是收拾收拾吧。”我和七马一起说。

等到我们把露台收拾完，天就完全亮了，拖着无比疲惫的身躯，我们回到了楼下。客厅里满满的都是朋友们带来的暖屋礼物，堆了一屋子。那时正是茉莉花开的季节，好多朋友给我们带来了鲜插的或者是盆栽的茉莉，整个屋子里非常香。

“再也不开大派对了啊！再也不开大派对了。”我说。

“咱们养只猫好不好？”七马笑了。

北京 北京

七马 | Mima |

我家这边有个快递员总是在窗口大声喊："张自忠，下来拿快递！"

每次都会喊得很响，好多邻居会笑。

终于有一天，我忍不住了："张自忠路是地址，不是我的名字，张自忠已经死了！"

"那你到底叫什么？"他又瞟了一眼快递单，"你是不是叫，叫，东直？"他又检查了一下快递单，最后得出一个结论。

"还西毒呢。东直门也是地址。你真的分不清名字和地址吗？七马才是我的名字，单子上的其他字是地址。"我有点没耐心了。

"怎么分？你们都乱取名字，昨天我送了一个件给阿拉伯的劳伦斯。你说哪个是地址，哪个又是名字？"

刘兔子回家的时候，我把这件事情告诉了他。中文学了一些，但懂得不多的他看着我说："我正要问你呢。上次我坐公交车，到一个站，广播里会说，前门到了，请大家从后门下车。"

北京真是个奇妙的所在。

Chapter / 09

遇到
你以前

遇到你以前

七马 | Mima |

这一段特别想写给那些还单身的姑娘。

和兔子初次相见，他记得是他先跟我说话的，而我记得是我先和他说话的。可是在这次交谈以前，我是完完全全的一个人，不知道过了多少年。

我一直是个比较孤独的人，对社交恐惧，性格也比较怪僻，脑子里想得多，嘴上说得少。从小到大，我身上就没有一条是令老师和家长都满意的。那时候觉得这个世界上大概只有一个男人是真正爱我的，那就是我的姥爷。

而姥爷和姥姥的爱情是我从小看着的，他们是那种很沉默的爱情。

我生出来以后，姥姥姥爷都退休了，改革开放后日子也好起来了。印象最深的是，每天中午姥姥都会做一桌子热气腾腾的菜，我们围坐在桌子旁边，姥爷总是一边吃饭一边听评书。《杨家将》《瓦岗寨》《水浒》……一部部书就这样听下来，家族、战争，几千年的历史荡气回肠。姥爷写得一手好毛笔字，还喜欢做剪报。我就默默地坐在一旁看他做那些事。

有一天，刘兔子的胡子扎在我的脸上，夜里我就做了一个梦，梦见的人是我姥爷。那是小时候北方常有的大雪天，我自告奋勇要去奶站取牛奶。被车轮碾过的路太滑，我又臭美地穿了奶奶的小皮靴，走一步摔一跤，一直摔到奶站。取了牛奶，我把牛奶瓶子抱在怀里，又一步步摔回去，浑身都疼。抬起头来看见姥爷就站在家门口，他一直那么站着，并没有跑过来，也没有喊我。大概我出门的时候他就站在那里了，雪片堆积在他的胡子和宽宽的肩膀上。他就那么站着，像一尊覆了雪的雕像。

姥爷就是这么沉默地爱着我，他懂得给我自由，懂得让我摔跤，懂得让我自己爬起来。但只要看见他在那里，我就可以不停地奔跑，一直跑到他面前，什么都不怕。等我满身是雪和泥地跑到他身边的时候，姥爷只用一只胳膊就把我抱起来，抱得紧紧的。“我们回家了。”他总是那么说，那时候我冻红的脸会被他的胡子扎得生疼。

这个梦，在我离了婚单身的那些年里也做过，每次醒来枕头都是湿的。姥爷走了，在家门口等着我努力奔跑的男人在哪儿呢？我属马的，生来就喜欢到处跑，可是我的方向没了。

遇见刘兔子以前，我一个人过了五年，这五年和年轻时候的五年不太一样，感觉更加漫长，一个三十多岁离了婚的女人会瞬间打开一个异世界的大门。相信我，这样的孤独没什么可炫耀的。

有时候和妈妈说起来，觉得女人好可怜，我周围很多女孩在二十多岁的时候结婚，三十岁就离婚了。百分之八十的原因是男人出轨，然后这些离了婚的女人又因为惧怕孤独，一个个变成了已婚男人的小三，成了别的女人出轨的原因。我大概生性就有那么一点儿拧，再孤独也没有走上那条路。可是真的好苦啊，有一次，一个离了婚的朋友说，她每天下班回家就打开电视，并不是为了看什么节目，就是为了让屋子不显得太空，然后坐在电视前就睡着了。我们两个人在咖啡馆哭得止都止不住。

就这么过了五年，兔子在我已经不相信这个世界上还有不说谎的好男人的时候出现了。四十岁的北欧建筑师，长得挺帅的。我根本没敢多想，那么好的男人，又这个年纪了，一定结了婚。他对我笑，也许就是想找个中国女人做“北京办事处”。

他请我去喝咖啡，问了我一个问题：“你是单身吗？”

他是那么认真。

我大声回答：“我是。”

瞬间，我的眼泪“哗哗”地往下流。因为我知道了问这个问题的他也是单身；因为我知道了他不是想找一段随便的关系；还因为我知道自己这么多年傻乎乎的固执值了！

如果陷入了任何一种奇奇怪怪的关系里，还怎么对面前这个好男人理直气壮地说出那句话？

我问他：“你会出轨吗？你会说谎吗？”

刘兔子说：“我不能保证爱你一辈子，但我绝对不会出轨。”

我总算找到了一个不会说谎的男人。

以前的孤独就像一条长长的黑色隧道，你走啊走啊，怎么都看不到头，你都不知道这辈子还有没有希望走到头。可是那一天，当他到来的时候，亮光就在你眼前。

我终于又可以开始奔跑了，那个爱我的男人就站在家门口等我，他会把我一把抱起来说："我们回家吧。"

坏朋友

七马 | Mima |

和刘兔子在一起，也有不那么好的事情发生过。和一个人在一起从来就不是单纯的事情，尤其是当你到了一定年纪。刘兔子有家人，也有朋友，而这些人都是在认识我以前遇到的。论交情，他们和刘兔子都比我和刘兔子要多一点，所以和他们相处，我很紧张。

我曾经做过一个噩梦，刘兔子全家都讨厌我，他所有的朋友也讨厌我。

刘兔子很重视他的朋友，他是个喜欢交际的人，也有很多世界各国的朋友。我比较内向，但也尽力融入他们的圈子。

在北京的外国人圈子主要用英语交流，但哪个国家的口音都有，有时候一天下来会感觉特别累，跟跑了好几千米一样。有时候我好想说几句流利的中文啊，实在是说英语说烦了，可是我拼命坚持着。"因为朋友很重要。"他这样说。

骗来的伴娘

这件事情还要从一场奇怪的婚礼说起。那时候我和兔子刚认识没多久，居然就糊里糊涂地当了一对并不太熟悉的“朋友”的伴娘。

刘兔子宽广的交际圈里有一个瘦高个子的老外，我们只见过几次面。兔子出差时，他和他的女友主动打电话叫我出去吃饭。我挺感动的，因为这是刘兔子的朋友第一次主动邀请我。瘦高老外叫古根海姆，他的未婚妻娜娜是个胖胖的，但做事雷厉风行的女孩。我们刚坐下，她就一个人把所有菜都点好了，并且把菜单退给了服务员。不知道古根海姆觉得怎么样，我反正是连菜单的封面都没看清楚菜就上来了。

吃着吃着，娜娜突然问我：“七马，你知道我们九月结婚吗？”

这个我知道。兔子和我在被邀请参加婚礼的名单上，兔子和我提过。

接着，比较沉闷的古根海姆开口说话了：“我和刘兔子是很好的朋友，你还不认识兔子的时候，我们三人经常混在一起。”

他用手把自己和娜娜画了一个圈，没有包括我。

娜娜一边嚼东西一边大声说话：“七马，刘兔子认识你的第一天就跟我们说了。我也在那个派对上看见你了，我们都说这个女孩儿不错！哈哈。”

古根海姆配合着点头。

经她这么一说，我觉得受宠若惊，好像通过了某种审批一样。而接下来等待我的事情就更有趣了。

“哎！七马，你当我婚礼的伴娘如何？”

我很吃惊，娜娜和我最多只见过三次，有一次还完全没说话，但这个理由实在不太好意思说出口，而且他们是刘兔子最好的朋友。

“可是娜娜，现在都七月了。”

我很惊奇他们没有像一般人一样提前好几个月，甚至是一年来决定伴娘的人选。

“哦，以前是有个香港女孩的，但她滑雪受伤了。好，就这么定了！干杯！七马你要祝福我们，以后你和兔子结婚，我当你的伴娘。”

娜娜又雷厉风行地将自己和我的婚礼也一起决定好了，我稀里糊涂地变成了一对我几乎不认识的夫妇的伴娘。

吃了这顿奇怪的饭，走路回家的路上我还在想：这是怎么回事？算了，谁让他们是刘兔子的好朋友呢。

“兔子，古根海姆和娜娜让我当婚礼伴娘。”夜里我打电话给远在中西部农村做项目的兔子，信号时断时续。虽然交流不顺畅，但我听得出来刘兔子也很吃惊。

因为你会缝衣服

依照娜娜说一不二的性格，他们的婚礼正在如火如荼的准备当中，从那以后她就时常给我发微信。作为伴娘，我也想让新郎新娘能有个最美好的婚礼。因为跨越文化的异国恋真的不容易，这一点我和刘兔子都深有体会。无论熟不熟，既然已经答应了她，我还是希望能做个最称职的伴娘。

八月下旬，古根海姆和娜娜就已经不在北京了，去筹备他们盛大的婚礼了。我仍然会接到娜娜发来的各种微信。

“七马，我和我妈妈一起把指甲做了，你自己在北京做好再来吧。我给你报销。”

“七马，这边找不到好看的伴娘服，我也没时间帮你准备了，你能不能自己在北京买条裙子？我给你报销。”

“对了，你自己有旗袍吧？那我就不给你准备了。”

婚礼是件盛大的事情，有太多的事情需要操心和花钱，尤其像古根海姆和娜娜这样的小夫妇，所有事情几乎都是娜娜一个人筹备的，我能做到的就是尽量把自己安排好。做指甲和准备伴娘服这些我都自己搞定了，因为娜娜说了要报销，我还特意留了所有的消费单据和发票。

婚礼前几天，兔子和我掏钱买机票飞过去参加彩排。到即将举办婚礼的五星级酒店才发现所有房间都已经住满，于是我们就在附近的一家商务酒店订了间房。后来才知道娜娜和古根海姆全家，以及古根海姆的伴郎都住在那家五星级酒店里。

我当时就问了古根海姆：为什么请我当伴娘，而不请刘兔子当伴郎？古根海姆几句话就岔开了话题。

婚礼所有的一切当然都要以新娘为主，我不太好意思把一沓发票和收据拿出来让娜娜给我报销。我理所应当地觉得他们应该记得，后来才知道没什么是“理所应当”的。除此之外，兔子和我还给他们包了个大红包，钱的数字是我按中国传统习俗准备的，谁让他们是刘兔子的“好朋友”呢。

爱刘兔子，就应该连他的朋友一起爱。

婚礼前夜，我到新娘房里帮忙，古根海姆却连间客房都舍不得开，非要和刘兔子睡在我们房间的双人床上。娜娜是个非常浑圆丰满的姑娘，当夜我才发现，她准备的结婚礼服有两米长的拖尾，而且背后根本扣不上。即便使上九牛二虎之力扣上，也随时面临绷开的危险。

“嘿嘿，所以我才让你当伴娘。据说你会缝衣服，可那个香港女孩不会。”娜娜转头对着我笑。

我再仔细看看那件巨大的蛋糕状白色婚纱，上面全是线头，一问才知道她是在淘宝上买的。怎么能让新娘子就这么出门呢？即便平时穿再廉价的衣服，婚纱也应该是精致的。我戴上眼镜，蹲在地上开始帮她一点点剪线头，一个一个地找，一寸一寸地看。一两个小时下来，白色线头在手里攥了好几把，我的眼睛也是一片白茫茫。

“总算都剪完了。”

“你真好，我柜子里还有一件敬酒服和一件旗袍，也是在淘宝上买的。要不你也帮我检查一下？”

这样的事情在整个婚礼的进程中屡次发生，我都一口气忍了下去。毕竟这是婚礼，是人家最喜庆的时候。最重要的是，谁让他们是刘兔子的好朋友呢。

我错就错在当时连刘兔子都没告诉，自己都忍了。做指甲、买礼服等等这些钱都是我自己垫的，刘兔子完全不知情。

一场喧闹的婚礼总算结束了，刘兔子临时被拉来做伴郎，替古根海姆喝了两瓶茅台。我则几乎两天都没吃饭，还一夜没睡觉（光剪线头了），几乎虚脱。

娜娜的爸爸那天非常高兴，听说伴娘没有在他们居住的五星级酒店订到房，还拍着我的肩膀保证，这种事儿只要他一句话就可以解决。那怎么不解决呢？古根海姆的伴郎就住在那里，我们为什么不能住？但是人家在结婚，谁有时间回答你这些问题？

大半夜爬到床上，我连脱下高跟鞋的力气都没有了。梦里的我，抱着一大瓶正在打呼噜的茅台酒，那就是刘兔子。

要是电话不响，兔子和我估计根本不会起床。

“七马，你和刘兔子今天和古根海姆的家里人一起去城外旅游吧。”

我依然迷迷糊糊：“可是我们已经去过了啊，我不想去。”

“古根海姆家没有一个人会说中文，没人做翻译不行。那可是古根海姆的家人！你必须要去！”娜娜几乎是命令加哀求。

古根海姆的家人和我有什么关系?

“你自己怎么不去陪古根海姆的家人？”

“我需要休息，我刚结婚。”娜娜发怒了，挂断电话。

我刚要翻身睡觉，电话又响了，这次是古根海姆。娜娜是强硬的，古根海姆则是软磨硬泡。这两种我都很烦，但还是忍住了。因为毕竟是人家的婚礼，而且作为“好朋友”，这样的忙“也许”就应该帮。

我一错再错，又拖着极其疲惫的身体去给古根海姆家十几口人做了一天的免费导游，幸好古根海姆的家人都还不错。

这场婚礼我除了特别特别累以外，一点为朋友高兴的感觉都没有。报销的事情我也没再和娜娜提起，她似乎也并没有那个意思。娜娜圆乎乎的脸上永远有一种无罪的笑容。她会当着我的面打开一个大包，和我炫耀婚礼收的礼金数都数不过来，就这样用一个包装着回北京。

我心想，把我和刘兔子送的礼金还给我吧，或者给我报销礼服钱、做指甲的钱。我和刘兔子也并不算有钱人，我码字写剧本，刘兔子去穷乡僻壤做古建筑保护，都不是什么挣大钱的行当，一两千块钱那时候对我们来说还很是件事情。可我又错了，为什么不提呢？我已经快要被“好朋友”这几个字给害死了。

火山爆发

本来以为婚礼过后，这个作为“好朋友”的任务就会结束了。可没过多久，兔子去外地做项目，“好朋友”娜娜又来电话了。

“七马，你和刘兔子有两间卧室吧！我和古根海姆的家进水了，房东要维修。借我你们的房子住吧。”

就这样，新婚的他们在刘兔子和我的公寓里大大咧咧地住了一个多月。后来我才知道，他们的房东其实被霸道的娜娜逼着退还了房租，甚至还给了他们住酒店的补偿。这些都是娜娜喝醉酒以后自己告诉我的，可奇怪的是，娜娜和古根海姆从来没有提过给我们一分钱房租。

我一遍一遍地告诉自己，朋友之间不能计较钱，算了吧，算了吧。可除了钱以外，还有别的。这个家越来越像娜娜和古根海姆的家，越来越不像七马和刘兔子的家。平时他们在的时候，两只猫就只能在客厅和我们的卧室里活动。区区两居室，三个大人，两只猫，实在太挤了。正值盛夏，古根海姆爱喝啤酒，一喝醉了就脱去上衣，露出白惨惨瘦巴巴的上身。娜娜更是那种二锅头和劣质啤酒混着喝的烂酒鬼，啤酒瓶子满地都是。

我并不是没有脾气的人，只是我都忍了。连我自己都不知道为什么要这么忍这两个刚刚认识的人，可我知道自己快到临界点了，只需要一簇小小的火苗就会被点着。娜娜和古根海姆毫不犹豫地放了一把大火。

娜娜和古根海姆住在我家的几个星期，刘兔子都在外地工作，只有我一个人和他们相处。古根海姆和娜娜结婚以后，除了酗酒和吵架，似乎什么事情都不做，就这么天天赖在沙发上。一次娜娜喝醉了，无意中扇了古根海姆一个耳光，古根海姆毫不犹豫地回敬她一个。我在心里说，我和刘兔子绝对不要成为娜娜和古根海姆这样的夫妇。

一天，我回家的时候，发现家里的地板上除了啤酒瓶，还躺着一个我不认识的男人。古根海姆和娜娜仍然在沙发上喝酒。

“这是谁？！”我终于忍不住了。

那人听见我说话，浑浑噩噩地从地板上爬起来，也是个喝多了的，地板上还有呕吐的痕迹。

“你们俩赖在这里，还带生人来！”我第一次对娜娜发脾气。

“不是生人，他是我认识很多年的好朋友，我们就是这样的朋友，无拘无束的。”

“什么狗屁的无拘无束！都给我滚！不然我就把你们给扔出去。”我一把把地上的人拉起来推出门外，“娜娜、古根海姆，你们也给我滚！不走我就叫警察！”

看见我把她的“好朋友”推出门外，娜娜大概觉得我疯了，瞬间抽泣了起来。喝醉了的古根海姆也像发了疯似的，大声吼着让我给娜娜道歉。我是绝对不会道歉的！我真的不知道我以前到底怕的是什么？后来我打电话叫来了警察，还告诉了刘兔子。

最后的结果可想而知，一群外国人被带到派出所，然后古根海姆和娜娜搬了出去，没多久就听说他们离开中国了。

感情关系里最容易失去的不是对方，而是自己！

他们的离开并不是这件哭笑不得的事情的结束，那天我哭着跟刘兔子说了所有的事情。

刘兔子一脸惊奇地说：“我和他们并不是那么好的朋友啊！我之前还一直奇怪你为什么要做娜娜的伴娘，我以为是你们女孩自己很好呢！”原来古根海姆和娜娜在刘兔子那里装成和我很要好，免费住到我家这样的事情，他们和刘兔子解释是七马过于热情好客。我这才回想起来，他们能占的便宜都是趁刘兔子不在的时候。

刘兔子是个很认真的人，他并没有像我那么暴跳如雷，而是给古根海姆写了一封言辞非常严厉的邮件，指出他做得不对的地方，并且附上了伴娘礼服和做指甲的账单。

“这些有什么用呢？古根海姆是不会给你回邮件，也不会付钱的。”我对刘兔子的做法完全不理解。

“他怎么处理是他的事情，我觉得要说的话就必须说。古根海姆是古根海姆，我是我，我有我处理事情的方式。”

我被刘兔子的“固执”震住了。这个百分之五十的德国人真不是白白的百分之五十的德国人，就像水里的石头一样，动都不动。事实上古根海姆虽然没付钱，却回了邮件，假惺惺地道了歉。知道和我的关系已经无法挽回，他居然说希望仍然可以和刘兔子做朋友，因为他们都是欧洲人。刘兔子回复他，自己无法原谅他们对我造成的伤害和欺骗。古根海姆如果不尊重我，也就是不尊重他，不具备做朋友的资格。

“七马，我也希望你以后不要顾忌谁是我的朋友，人是会变的，并且人也有很多面。该说的时候就一定要说，不要忍着。我一直奇怪，自从咱们认识以来，你就很少和自己的朋友们出去玩了。你不要变啊，你不要来适应我和我的朋友，我的朋友做得不对，你完全可以不喜欢他们！”

“我真的可以不喜欢你的朋友吗？朋友不是对你很重要吗？”

“朋友的确对我很重要，可如果他们做了对你不好的事情，他们就不是真正的朋友。真正的朋友不仅爱我，也会爱你。不要去配合任何人，你只要不失去自己，就不会失去我。”

我无法回答，因为我已经泣不成声。眼泪里除了长久以来的委屈，还有太多太多的味道。

七马买画记

刘兔子 | Mika |

我们的家现在很好，我们很喜欢它。有一件七马特别想改变的事情就是——我们的墙上居然没有一幅画。这件事情，她念叨好久了。

我们的摩洛哥之旅大部分时间在非斯，住在盛情邀请我们的王子的宫殿里。七马像一只找肉骨头吃的小狗一样，眼睛永远在打量那些卖画和装饰品的店。我也想买些画作为这次旅行的纪念品，但是说真心话，我觉得到处卖的摩洛哥风景画都很俗气，我很怕七马只是为了能在墙上挂点东西，就随便买一些质量很糟糕的装饰品或者画。她有时候就是那样，为了一个单一的目标执着前进，不管三七二十一。但是我又不愿意做一个不好的男人，阻止她想往墙上挂点东西的欲望。

某次我们争论——

“你就是不让我在墙上挂画。”七马说。

“七马，我不是不让你在墙上挂画，我只是不想让你往墙上挂这幅画。”

“那这幅呢？”

“这幅也不要。”

“你就是不想让我在墙上挂画！”

“不是，只要不是这些画就行。”我争辩。

“那这幅呢？”

“也不要。”

好吧，我承认自己有时候对于有些东西是固执的。如果没有找到特别合适挂墙上的，我宁愿要一面白墙。每次我们去逛街，上面那样的对话都会发生。我们买到了所有给朋友的礼物和自己需要的东西，可就是没有买到一幅画。时间一天天地流逝，我们也即将离开美丽的古城非斯。我感觉到七马已经放弃了买画的计划，但她并不甘心就这么放弃。所以我想给她买个什么别的礼物，等回了北京再继续寻觅可以挂在墙上，并且我们都喜欢的画。

虽然不吵着买画了，但“想挂画的妖魔”却还在纠缠着七马。她不断地“提醒”我，这个屋子里最好看的就是那幅画，某间餐馆或者酒店的大堂有一幅画哎！我几乎要投降了，也许就让她随便买一幅，然后我下半辈子假装喜欢那幅画就得了。

这天我们吃完早餐在古城里闲逛，在一个漂亮的院子门口看到一块大大的牌子上面写着关于这座院子的历史。大门开着，我们就走了进去，入口很小。阿拉伯建筑无论里面多么宏伟宽大，门都不会太大，比如我们所住的宫殿，几千平方米的建筑也只有一个小小的入口。这也是一种神秘的魅力，你不走进去就永远不知道里面到底有多大，或者有什么在等待着你。

这栋建筑里藏着一个布局复杂且很漂亮的三层庭院。整个院子因为岁月的关系有些老旧了，但美丽的巨大木门和随处可见的浮雕以及颜色艳丽的地砖仍然让整个院落美丽迷人。里面没人，我们小心地在里面慢慢走着看主人是否在家。我们发现有一张雕花的古典沙发放在院子的背阴处，一件沾满颜料的工作袍挂在木沙发靠背上。旁边有一张巨大的画桌，大大小小的颜料罐子把整个桌面都占满了，还有无数的画笔和工具。

一个中年的阿拉伯女人走过来对我们说可以带我们参观。在摩洛哥有时候这种所谓的“导游”是会和你索要小费的。但我们既然已经进来了，也只好跟着她走。所幸这还算是一次不坏的参观，和我们所在的主院落相连的还有另外几个小院子，都很漂亮。但最吸引我们的是在古典的院落里有极具现代感的一幅幅艺术品，艺术家用一种很抽象的方式在画布上铺满星星点点的颜料。

“他画的画很抽象，但你们不难看出他画的是什么。”讲解的女士走过来。

“这些是非斯古城。”我和七马异口同声地说。

看着同一幅画，我们在那些星星点点里看出来了同样的城市和街道。

讲解的女士笑了："看来你们真的要把这个带回家了。"

话虽这么说，但我们并不是那么有钱的人，一般这种艺术家的画作都不会太便宜。

七马询问了价格，作为艺术品来说十分合理，但仍然不是那种能让我们想都不想就买下来的东西。

"先不要着急，回去想想再说吧。"七马说。

于是我们离开了那里，七马没有再提买画的事情，但我可以感觉得到她很想买却又顾及钱。

"咱们把它买下来吧，有一小笔钱，我没告诉你。圣诞节的时候我的父母给我寄了一些欧元，正好够，我们用这笔钱去买吧。"

第二天，我们回到那里，把我和七马一起喜欢上的那幅画给买了下来。至于那笔圣诞礼物的钱，它存不存在并不重要。

我和七马都喜欢这幅画才重要。

现在它被挂在了我们北京的家里，这是我们旅行的回忆，我和七马的心爱之物，还有连我父母都不知道的圣诞礼物。

去云南，过圣诞

刘兔子 | Mika |

有一年圣诞，因为工作的原因，我们无法赶回欧洲。七马知道圣诞对我来说有多重要，于是细心地选了云南大理作为我们圣诞的度假地，还在当地的一家很漂亮的小酒店给我们订了房间。

我们住的酒店里不出意外地有很多圣诞装饰，还有专门为圣诞准备的特别晚餐，甚至还有好几个身材不同的圣诞老人。这个有点有趣，我们在大理经历了我人生中最古怪的一个圣诞节。

在欧洲，圣诞是极其安静的，因为人们需要静下心来回顾已经过去的这一年。可是在云南，酒店前台提醒我们，如果要在大理古城逛街，最好准备雨衣。

我和七马买了两件一次性长雨衣盖住全身后出了酒店。刚出门，我们就被一群举着玩具水枪的年轻人包围了，有带着白色泡沫的肥皂水扑面而来。整条石板路都被这些举着水枪的人和白色的泡沫覆盖，走起路来非常滑，人们在白色的泡沫里嬉闹作战。

我们只感觉好玩了几分钟，直到几个年轻男孩开始往我们的领子里倒肥皂水，并且一次性雨衣也被撕破了。接下来我就被团团围住，大概是因为我是唯一的外国人吧。七马拉着我迅速跑回酒店才避免了浑身湿透的结果。

疯狂的“雨衣平安夜”之后的几天都很舒服，我和七马觉得非常享受，好吃的云南菜和好喝的咖啡让人觉得很满足。

我很喜欢阳光，能在冬天里享受云南温暖的阳光真的很幸福。可是我的北欧皮肤太白，不一会儿就被晒伤了。谁会想到这是在冬天的山区呢？这也是我人生中第一次在圣诞节被晒伤。七马笑话我，说我的脖子看起来像是圣诞节的火腿。

我在想将来我们搬家到欧洲以后，中国的春节对七马来说大概也会不一样吧。欧洲人对中国的春节知道一点儿，但并不能算是公共假期，而且在圣诞节的长假以后，才刚刚开始上班也很难再要求休假。这些可能对我和七马来说都需要时间去适应。

实际上在我的家乡赫尔辛基，人们也会庆祝一下中国的春节。这是几年前才开始的，对芬兰人来说，春节还是个很新颖的概念。

和中国的圣诞节一样，芬兰的春节也是味道怪怪的。人们虽然并不理解文化底蕴的意味，但是好玩的部分却照猫画虎地做了一些。

芬兰的春节一般就是几天的春节集市，会有烟花表演和舞龙舞狮，也会贩卖一些中国糕点和糖果。可最重要的亲人相聚，是海外华人无法做到的。

我真心希望以后我也可以为身在海外不能和家人团聚的七马安排一个比较有意思和温暖的中国春节。

当七马不在身边

刘兔子 | Mika |

七马过几天就要出去旅行了，我们总是在旅行之前尽量花些时间在一起。工作固然很重要，可“在一起”是一段关系中最重要的事情。

有一件很幸运的事情是我们两人都在创意行业工作，虽然经常忙起来都不分昼夜，但不忙的时候，我们可以在某种程度上充分安排自己的时间。并且我们宁愿付多一点的房租或者租小一点的房子，尽量住在离彼此工作都近的地方。不是不心疼钱，而是我们更心疼时间。那些别人花在路途上的时间，也是我们可以在一起的时间。

刚认识彼此的时候，我们俩住得非常非常远，七马在北京，我在赫尔辛基，只能用微信和电话交流。我每天都会发给她很多照片，给她看我工作的地方、住的地方，我去了哪里，或者有时候只是在路上看到的一尊雕像、一只鸽子。即便不在一起，我也想让她在我的生活里，从认识的那天起，她就是我生活中的一部分了，最重要的部分。

北京时间的晚上，在七马睡着以前，我们都会打个网络电话，聊聊这一天发生的所有事情。那个时间，在赫尔辛基只是下午而已，但每次挂电话以前，我都会很高兴地和七马说晚安。知道她能好好休息对我来说很重要。我每天醒来的时候，在北京的七马已经起床好久了。手机里总会有一条她发的信息在等着我，还经常会有她拍的早餐照片。我也会把我的早餐拍照发给她。我们就这样在六七个小时的时差里一起吃早餐、午餐和晚餐。

虽然这和真正在一起有很大的区别，可这就是我们在不同国家仍然可以在一起的方式。很快，我就搬到了北京。

再过几天，七马就要独自出去旅行了。我想起以前的这些事情。再一次，我们会给对方发信息，每天通个电话。但这次是我在北京，我会比她早睡觉六七个小时。睡着以前我会看着她发给我的照片，想象着她在外面经历和遇到的事情。

她全神贯注地在国外完成她的下一本书，当她兴奋异常地告诉我关于她的奇幻小说的新情节的时候，我会很高兴。我期待我们也能通过信息和网络电话分享这些或是更大的喜悦。

有时候偶尔分开一下也不坏，因为相距很远的生活是我们曾经拥有过的美好和甜蜜。在一起时间长了，也许会忘掉那种期待的感觉，但我们总会努力把它想起来。

距离和时间会让人变得更珍惜，有时候缺席反而让存在变得更真实。七马不在我身边的时候，她给我生活里带来的东西会更清楚地让我感觉到：那些平时视而不见的小事情都会一件一件被想起来。当她回来时，我会格外珍惜，因为知道了它们的珍贵。

不常在一起，还可以带来一种在一起的时候没有的快乐，那就是再次见到彼此的快乐。

有一件事情我印象很深。刚认识的那一年，七马总是送我到机场，一直站在离境口上看我走远才离开，我每次转身都可以看到她在远处挥手。她和我说，这是她妈妈告诉她的，一定要送刘兔子去机场。虽然分别是很难过的事情，但难过和思念也是一种感情，也是爱情的一部分。

这一次，当七马写完她的书回来的时候，我会在机场等着她。和以前不一样的是，我们的毛儿子Hei也在家等着七马。

Chapter ／ 10

事情

的另一面

满街的阿里巴巴

七马 | Mima |

我以前看过，但现在不看了，那类告诉你如何谈恋爱的书。

感情是一件很个人化的事情，没有普遍情况，只有个案。这个问题比较难谈，用我比较擅长的方法就是讲故事来类比。在我看来，谈恋爱和旅行差不多，都是人与人之间的接触。从认识到开始谈话，有了感情就留下，没有感情或者彼此讨厌了就分开。也许分开以前还要再打一架。

经常听见身边的女孩说“男人好难找啊”，但没有几个女孩会说“东西好难买啊”。好多人抱怨去旅行时会被兜售东西，有人形容在有些国家会被卖东西的人一路追着跑。其实跑什么呢？就和他们聊聊天呗，反正闲着也是闲着。

这是我跟兔子学的。

第一夜 大巴扎的店主

大概是前年，我和兔子一起去了伊斯坦布尔。我对那里的大巴扎又爱又恨。爱是因为里面的物品太丰富了，想了解当地人的生活就要去那里；恨是因为有社交恐惧症的我最怕跟人砍价和应对别人的兜售。

兔子对土耳其的了解比我多。他让我看了一部纪录片，里面有个商人说："我不喜欢的客人就是那种眼睛不看你，招呼也不打的客人。其实买不买东西没关系，可招呼还是要打的。"

"砍价是他们的一种文化。"兔子这样跟我说。

进了大巴扎，我就睁大了眼睛。一是搜索自己想要的商品，看哪些适合带回去给朋友们当礼物；二是我虽然不会说当地话，但用眼睛看和微笑也可以和他们打招呼。兔子和我把这些也看成是对文化的尊重。

土耳其的大巴扎里有当地的商人，也有阿拉伯人，他们是天生的阿里巴巴。我一直记得那个摊位，满满地挂着五彩玻璃制品。我一向痴迷阿拉伯人在所有装饰里都融入的几何学，在那间美丽的店铺前，我几乎挪不动步子。

琳琅满目的玻璃制品店里站着一个高大的男人，他留着一把非常漂亮的胡子，目光里显出几分威严。好久没有看到背挺得那么直的男人了。我们礼貌地对他笑了笑，那个男人做了个"请进"的优雅手势。

在兔子和我浏览的时候，帅气的店主并没有像其他店主那样尾随着我们各种推销物品，而是退到店铺的后面去泡了两杯橙红色的土耳其红茶，然后递给我们。

“完了！我们用他的土耳其茶杯喝了茶，就不好意思不买下了。”刘兔子接过茶，小声对我说。

他话还没说完，我一杯茶都快喝完了。土耳其茶杯腰细小巧，非常精美。我手里拿的这个配有银色的装饰，还配了银色的托盘。见店主站在那里微笑，我这才注意到刘兔子手里的茶杯和我的不一样，根本就不是一套。

“怎么办？我们要买两套吗？”我小声问刘兔子。

“不知道。”

其实要买也可以，可箱子里已经塞满了刘兔子的建筑书，没什么空位置，再放两套杯子实在是太挤。

“如果你喜欢，就带回国吧。旅行时买的东西回家以后再看会很高兴的，关键是一定要用得上。”这时，店主才开口说话，他似乎看出来我喜欢手里的杯子，“我观察了女士你好久，这是我根据自己对你的感觉来挑的。”

“听这家伙说这话，那杯子一定很贵吧！”我又小声地跟刘兔子嘀咕。

“人家是根据你的感觉挑的。那要是我不给你买是不是就会变成小气鬼了？”男人和女人关心的点就是不一样。

我们壮起胆子问店主杯子的价格，结果价格却非常合理，甚至还略微便宜，因为这两个杯子的做工真的非常精美。

“可这不是一套啊。”趁着店主包装的时候，我说。

“那有什么关系呢？配在一起也很漂亮，不是吗？就像你们俩。”店主一边说，一边熟练地给我们包好。

两个不成套的杯子和两个风格各异的托盘都包装完后，我心里还有些疑惑，这两个不是一套的算怎么回事呢？好奇怪。

店主突然弯下腰去，从货架底层摸出来一个比其他茶杯都要小的银色土耳其茶杯，再用纸包好，塞到我手里。

“欧洲的漂亮爸爸，亚洲的漂亮妈妈，再有一个小孩子，这就是一套了吧？”他突然说。

“我还有一只猫。”我脱口而出。其实是心里有些感动。因为两个不成套的杯子，再加上这个小的，确实感觉就是一组了呢。“三”真是个奇妙的数字。

“那再给猫加个小盘子吧，猫也是家人。”高大的店主又从货架深处摸出来一个银色的小奶盘。

后面的这些都是赠送的礼物，他拒绝让我们付钱。无论是买贵了还是买值了，仅凭着店主这几句话，这趟购物就变得如此富有哲理和美妙。

“他真是个厉害的商人，像是能看穿人心啊。”我说。

“嗯。”

我们出了大巴扎，天开始下起雨来，感觉有些冷。刘兔子伸出一只手来搂着我，我怀里抱着三个杯子和小猫的盘子，准备留着未来用。

第二夜 茶水帅哥追尾

伊斯坦布尔的街头到处都有送茶水的帅哥，他们是某些餐厅的外送服务员。但和我们国家习惯的那种穿着大皮裤骑摩托车的送餐员不一样，这里的外送员都穿着洁白的衬衣、黑色的传统土耳其绑腿裤，有些还会佩戴红色的毡帽，显得非常漂亮帅气。他们大多是二十岁左右的土耳其男孩，高挑消瘦，个个都很帅气。

我最喜欢看他们迈着两条大长腿，两手托着巨大的银托盘在街道间快步行走。有时候银托盘上可以放几十杯土耳其茶，这些帅哥保持平衡的本领也是一绝，即使走得再快，茶水也不会洒出来。

没有什么可以让他们分神或者停下来，美女不能，满大街的旅行团也构不成大的阻碍。这些帅哥很会掌握走路的节奏，我曾看到过他们被人挡住去路，可他们只是优雅地转了个身消耗了一些时间，并没有停下来，那场面实在是漂亮。

只有一次，我看到大概三四个茶水帅哥撞在了一起，情况很像汽车追尾。前面的一个突然停下来，另外三个没有防备，被打乱了走路的节奏。土耳其红茶顿时四溅，银盘子和杯子落地的声音不绝于耳。人们纷纷跑过去看个究竟。

原来是因为一只小猫崽，一只还没有巴掌大的小猫崽突然跑到了最前面的那个帅哥的脚边，抱住了他的皮靴。

第三夜 导游的故事

伊斯坦布尔是座谜一样的城市。黄金水道把欧洲和亚洲完全切开，所以坐落在黄金水道北端的伊斯坦布尔是唯一一个拥有两种截然不同的地理和文明的城市。

为了能进一步深度探究如此丰富的伊斯坦布尔，刘兔子找到了一个当地非常有名的导游。

伊莫尔先生是研究土耳其和中东文化的教授，闲暇时也会接一些这样的导游生意。他的价格非常昂贵，并且一般人即便付钱也很难约到，就连许多达官显贵和政要明星都要排队等很久。我们非常幸运，伊莫尔先生本来这天已经约出去了，不知道为什么突然又空了出来，被我们捡了个宝。喝茶的时候，他开始说起为什么今天自己会突然有空。

伊莫尔先生是好莱坞影星来伊斯坦布尔必找的导游。从卡梅隆·迪亚兹到那时候还没离婚的布拉德·皮特和安吉丽娜·朱莉夫妇，他都服务过。他说自己喜欢的是精灵王子奥兰多·布鲁姆，非常低调，一点也没有架子，连墨镜都没戴，两人就一起游了伊斯坦布尔两天，其实也并没有太多人认出他来。

这次是有个叫M.D的好莱坞男星来伊斯坦布尔，自己本就带了两个保镖，还在当地又雇用了六个。结果据伊莫尔先生说，他们第一天刚出酒店就寸步难行。即便有八个保镖保护着，粉丝们还是把他们围得水泄不通。

伊莫尔先生解释说，M.D和两个美国保镖不知道，其实六个土耳其保镖早就把他来伊斯坦布尔的消息放给了自己的亲戚朋友，甚至还公布在了社交媒体上。那些拦路的女粉丝全是保镖们的功劳。伊莫尔先生甚至可以听到他们一边假意阻拦，一边用土耳其语互相交谈：

——“表哥啊，让我进去合个影。”

——“表妹，一会儿我胳膊一抬你们就钻进去。”

“M.D这种人就是不作不会死。”刘兔子突然说了句中文。

“哪儿学的？”我问。

第四夜 一只好眼睛

和小伙伴们的摩洛哥之旅，我依然记得刘兔子跟我说过的那句话——对于阿拉伯人来说，讨价还价是一种沟通方式。他开价你还价，也是在交流感情。

我们在拉巴特看到一家卖纪念品的店，店主是一个有一只眼睛坏了的男人。

“你看，他有一只眼睛是坏的，几乎不动。”我偷偷用中文和好友云葭说。

“不对！小姐们，我是有一只好眼睛。”

不知这个家伙怎么会知道我们是在说他的，不过他的说法很有意思。为什么人们总是看那只坏的眼睛，而不看好的那只呢？

云葭看中了一面装饰镜，我一下子就帮她砍了一半价。

“哎哟，太低了呢。”一只好眼睛店主说。

“就这个数，不能再高了。”

“哈哈哈——好吧，谁让我只有一只眼睛呢？就半价给你们吧。”他边笑边用一层层的纸给我们包好镜子。

这满街的阿里巴巴教会了我好多事情啊。要想未来，要善良，要脚踏实地地生活，还要看到生活里不只有坏的一面，还有好的一面。谢谢阿里巴巴们。

倔强木爷爷

刘兔子 | Mika |

最近我在中国南方有一个房屋改造的项目。我们要改造一处大概有三百多年历史的古民居，这座木结构石墙的建筑在当地非常有特色，我总是很骄傲可以参与保护和改造这些具有中国特色的老建筑。能把我的设计和努力加进这些漂亮的中国民居里，并且当地人可以在里面舒服地居住是一件无比美好的事情。

还有一件更美好的事情，就是我们需要和当地的木匠们合作。而这些可以做老木结构房子的木匠，平均年龄已经有六十五岁了，最年轻的也有五十多岁。他们仍然在工作着，虽然这么精湛的手艺没有年轻的传承人是一件有些悲伤的事情，但老年木匠团队坚韧的精神真的很让人佩服。

老木匠里的大多数人都比我父亲的年纪还大，但扛一段沉重的木横梁或者在脚手架上爬上爬下对他们来说似乎一点儿问题都没有。

有时候看着他们工作，就像是进行时间旅行一样，他们用非常古老的方式对老房子的木结构进行精心地修缮。经过他们的手，木结构所有的衔接点都是如此干净而轻巧，榫卯结构不用一枚钉子和一颗螺丝就连接好了。老木匠们也不用太多的工具，除了刨子和推子以外，绝大部分的工作只靠着一把斧头就都解决了，他们无数年练就的技艺已经出神入化。

我曾经想帮助他们扛一些比较重的木材料，作为一个年轻人，看着年纪很大的他们这么工作，心里很不好受。不但有木匠爷爷们，有的时候还会有一些木匠奶奶们帮忙搬运木材。每次我想去帮忙的时候，他们都会找理由把我推开，老木匠们有自己的工作系统和程序，他们不想让我一个外国人把他们的工作方式给打乱了。

并且木匠的工头爷爷还喜欢大声呵斥其他木匠爷爷。起初我觉得他大概很生气或者非常霸道，但是后来他通过翻译告诉我，根本不用担心，这就是他们工作的方式，这种音量就是他平时工作时候的说话方式和音量。而且其他木匠年纪大了，不大声一点儿他们会听不见。工头爷爷说这些的时候显得非常自豪，因为他觉得自己的中气最足。我能看到他脸上有着小男孩一般的得意。

有些时候真的很容易忘记他们的年纪，但一到午餐后的时间，工地就变得非常安静。你可以看见工地的各处都放有几个被卷儿，老木匠们都爱睡午觉。其他还没有睡午觉的老木匠会一支一支地慢慢抽烟，或者用很低的音量听听收音机。睡觉的那些完全不会被收音机惊醒，并且他们的鼾声早就盖过了收音机的音量。

木匠爷爷们不睡觉的时候就一直在工作，他们的动作很慢。虽慢可是他们一直在工作，所以一天下来进展和成果还是不小的。

镇上的年轻人有时候说他们是“老古董”，并没有不尊敬的意思。其实从某种程度上来说，他们真的是历史的一部分，老木匠们很多都是来自于世代传承的木匠世家。有时候他们会对我说：现在我们维修的古建筑其实是他们的曾曾曾祖父修建的。他们觉得自己将是这个镇上最后的一代老木匠了，因为年轻人都去城里的施工队工作了。这让我觉得有些悲伤。

如果这些抽烟、睡午觉的老木匠真的消失了，谁还会了解美丽的古建筑和那些精湛的技巧呢？我真心希望不是这样的。

伊斯坦布尔的鸟粪

刘兔子 | Mika |

我和七马都喜欢旅行。我们特别喜欢去些新奇的地方，听新奇的声响和尝新鲜的味道都是我们生活中不可或缺的事情。

去年，我们才终于一起拜访了心驰神往的伊斯坦布尔，这座城市向我们展现了她几近梦幻的面貌。伊斯坦布尔之所以会成为我们两人共同的梦中之地，主要是因为很多书籍中有对她的描述。每一段历史，每一座花园庭院，那些特殊的人和特别的故事，都在这座城市里。像伊斯坦布尔这样横跨欧亚文明的城市是唯一的，一条狭长的海峡隔开了两岸，却生成了独特的文化。

这次旅行是我们在一次商务旅行中偷出来的两天。对于伊斯坦布尔这种庞大而充满生趣的城市来说，时间自然完全不够。我知道七马神神秘秘的性格，她喜欢惊喜，你不能把东西就这么平平常常地给她，她是个不会饿死也不会冻死，却会被无聊杀死的家伙。

在我们逛完奥斯曼大巴扎以后，我告诉七马要带她去一个地图上没有的地方。她兴高采烈地跟着我走了，一路上还不停地嘱咐我不要告诉她，要保密，其实我很清楚她非常想知道到底要去哪儿。

我要带她去的是一个地下蓄水库，这虽然不是最有名的景点，却是七马那种好奇的人会喜欢的。很早以前，伊斯坦布尔的居民就能从地板下面打捕鱼吃，家里的地板破了，他们会把面包屑放在一个竹篮子里，塞进地板下的洞，总能捞上来一些鱼。人们几百年来就这么生活着，也没有想过为什么。直到几十年前，一个欧洲工程师看到当地人在地下捕鱼想探个究竟，于是发现了这座皇宫一样的地下雨水蓄水池。修建于古罗马时期的地下水道基本覆盖了伊斯坦布尔整个欧洲的老城部分。007系列的《俄罗斯之恋》里就有在这个地下水道里拍摄的追逐场景。水道里面非常漂亮，大大的古罗马石柱撑起了穹顶，所有支撑的罗马柱都是从四处的遗迹里搜集来的，所以每根都不太一样。

七马总是嘲笑我到哪儿都会摸摸石头和木头，其实这是我身为建筑师的习惯。亲手触摸这些被拜占庭时期的工匠们于两千五百年前放置在这里的石块实在是令我满心充满惊叹。这种感觉并不是针对古老的石头，而是对于建筑千年屹立不倒并且仍然在被人们使用的事实。要知道在这么长的时间里，它们是多么容易被摧毁，比如某个现代房地产开发商划定的开发区就会轻而易举地磨灭文化的遗迹。

每次的旅行里都会有很多我根本无法用语言表述的感触，比如美食，比如当地人的友善，但更好的是散落在街头巷尾的随机性。在伊斯坦布尔的第二天，我们想找好吃的餐厅，可酒店拿出来的餐厅目录实在太广泛，立刻就挑花了眼。七马和我站在一个街角正犹豫，一只鸽子从我们头顶飞过，不偏不倚地把一泡鸽粪降在我们的手册上。

“就去这家了！”七马喊道。

我们从来没得过上天的旨意，这次是老天爷第一次指点我和七马。伊斯坦布尔的老天爷真没指点错，那是一家好餐厅。

有时候即便你有很高的期待，生命中的那个地方或者那个人也绝不会让你失望，那就是真正的丰富了。伊斯坦布尔是，七马也是。

脑内旅行

刘兔子 | Mika |

我们都很能胡思乱想，这也算是我们的优势。

因为文化背景如此不同，世界在我们眼里的样子也截然不同。

我从来不觉得欧洲有什么神秘感，年轻的时候在公路上搭便车，或者坐夜里的巴士去参加派对这样的事情对我来说毫无神秘感。但七马每次都会满眼放光地大叫“好棒好棒啊”。

另一方面，中国和亚洲对我来说如此神秘，这也是七马无法产生同感的。毕竟她读过那么多中文的书，而且熟知所有文化背景。

如果说我们对全世界和所有文化都有兴趣，那倒也不尽然。比如澳大利亚和美国，这样的地方如果出公差或者去看看朋友还可以，但如果是旅游的话，大概就先不考虑了。还有些地方，比如很多人去的热门旅游景点迪拜，对我来说飞机中转五个小时就已经看完了，完全没有特别去一次的必要。

旅行这个东西是非常个人化的，所以喜好也因人而异。说实话，我不相信有任何一个人是想去所有地方的。我和七马的好恶非常合拍，我们都不喜欢特别热的地方。气温高于三十摄氏度的地方就很难成为我们的旅行首选，所以大多数美丽的海边对我们来说都没有那么美好。

一般我们会在意的东西是历史、艺术以及建筑和美食。白色的沙滩、便宜的鸡尾酒以及豪华酒店不是不好，但不足以支撑我们的旅行。

我们俩都对中东和地中海文化非常感兴趣，北非也是心驰神往之地。因为钱永远是有限的，对于我们这样的人更是。有些很喜欢的地方只能去一次，虽然不够，但是也只能保留遗憾了。因为毕竟还有那么多的地方没去过，但我和七马却发明了一种解决这个问题的方法。

这种解决方法还可以用在解决分歧上。七马对野外徒步旅行没有像我那么大的兴趣，比如我们两人在相遇以前都分别去过冰岛，那是我最喜欢的地方之一，独特的地貌和美景是野外徒步的绝佳之地。可七马却对那里不太感冒，她的梦想是能够在加勒比海航行。

我也喜欢航海，但徒步旅行对我来说要重要得多。北欧的大部分地方我都去过了，下一步的计划是去新西兰和西伯利亚的贝加尔湖地区。在中国，我希望能去云南和四川登山和徒步旅行，但我估计七马不会感兴趣，因为不能每天洗澡和很难找到干净的洗手间。

然而在我们之间，这些不同从来没有成为生活中的问题。世界上没有两个纹路完全一样的核桃，所有的男人和女人都不一样。重要的不是哪些地方不一样，而是如何发现和创造同样的地方。

对我和七马来说，有一种很奇妙的旅行方式是可以共享的。

刚认识七马的时候，我就很欣喜地知道她喜欢冒险小说，尤其是儒勒·凡尔纳的作品，并且喜欢绘制地图。从这些方面，我猜测她也喜欢大脑里的旅行。

脑内旅行是一项很特殊的活动。书是我们常用的一种媒介，当然还有游戏。刚见面那会儿，我很惊奇地发现七马对欧洲所有的货运港口如数家珍。她甚至还对世界航路和古典船只了如指掌，哪个人会碰巧有这样的知识?

直到她告诉我，她的世界地理常识几乎全部来自于中学时期的一款日本单机游戏“大航海时代”。那个游戏她一玩就是几年，每次都要从世界的一个角落出发，准备船只货物，和海盗作战，同时还要探索新大陆。这真是学习知识最好的办法!

我并不是很喜欢电脑游戏，大概是因为幼年时期家里并没有电脑的缘故。

对我来说，看地图是一种脑内旅行的方法，我能在地图旁边坐上好几个小时，读上面的地形和地貌数据，在头脑里想象好几个版本它们的样子。地图最好的一点是上面包含真实的数据，但并不是那么具象地呈现，地图给我们留下了很多想象的空间。

更好的是，这样的脑内旅行我和七马可以一起来做。因为我们再也不用担心食品安全和钱包被偷的事情发生。

当然，这样的旅行方式也有一个弊端，比如在我们一起去伊斯坦布尔之前，曾经一起幻想过那里很多次，很怕现实会让我们失望。当把无边的想象具体到砖瓦的时候，难免会失去很多风味。幸好，伊斯坦布尔并没让我们失望。

茶桑

七马Mima ｜ 刘兔子Mika ｜

2014年的冬天，我和兔子决定一起去一个暖和的海岛旅行。那个地方盛产茶叶，尤其是红茶。久负盛名的夜市也是我们此次旅行的目的之一。

果然，最考验人际关系的事情就是一起旅行了。人家说，能在一起旅行的朋友能做一辈子的朋友，能在一起旅行的夫妻可以做长久的夫妻。这次旅行从开头就不顺利，首先是刘兔子忘了买机票，住的地方也都没有预订好，接下来产生的连锁反应是原本等在当地和我们一起会合的朋友有急事要离开。平时海岛的天气本来非常好，可自打我和刘兔子的飞机一落地，立刻淅淅沥沥地下起了小雨。然后转到中雨，又转回到小雨，再转回中雨，反正就是痛快不起来。而且我们在当地的那几天，天气都将如此。七马的头发阴雨天会膨胀，现在已经变成了一头雄狮，随时会怒吼。

没有了当地朋友的引导，我们只能像游魂一样满街乱转，吃了一顿很不开心的夜市小吃。刘兔子发现夜市边上有个DVD摊，想起来住的Airbnb有台DVD机，就非要去买。现在想起来，大概是连绵的阴雨天气让我们这些习惯了干燥天气的人思维有些错乱。正常情况下，刘兔子哪是会去买碟窝在房间里看的人啊!

七马把刘兔子扔下，一个人举着块鸡排去庙里烧香。她的头发越来越膨胀，回来的时候里面还夹了一片树叶。雨还在下，不知什么时候能停，又似乎从来就没有停过。

那天晚上，我们两个人互相有些埋怨地回到住处，刘兔子把买来的DVD碟片放到播放器里才发现全都是些廉价的色情电影，只不过包上了大片的封套而已。

第二天早上，雨还是没停，但我们觉得必须要做点什么了。听说山上有茶树，我们就买了缆车的票上山看茶树。我们依然那么“幸运”，刚一踏上缆车，暴雨就骤然而至。和磨死人的中到小雨不同，暴雨是有气势的。瞬间缆车的窗户就变成了一大片模糊的毛玻璃，什么都看不见了。身处狭小的空间无异于在浴室里关禁闭，观览用的缆车还在慢悠悠地往山顶上爬，但已经完全失去了意义。

“七马，刚才上缆车的时候我就注意到没几个人。我们前面的缆车没有人，后面的缆车也没有人。”刘兔子看着我说。

“这种鬼天气鬼才上茶山！”

刘兔子：“我们出来了。”

缆车上到山顶，还是什么都看不见。雨太大，连茶树在雨中哗哗作响的声音都完全听不到了。我们站在一个观览亭下沉默地等待下山的缆车。

“今天看不到茶山了！”

真的是见了鬼了，没想到除了我们，这山上还有一个人。

我们叫他茶桑，因为写这篇文章的时候已经忘了老人的名字。

茶桑是本地人，住得离茶山不远。这种天气除了我们两个不知死活的游客，很难相信知晴雨的本地人也会在这样的天气里上山。

“自太太去世以后，我每个星期都会上茶山来看看，反正家里也没有人说话。”茶桑和我们一起等着下山的缆车，“你们接下来有时间吗？我请你们喝茶看桃花，好不好？”

原来缆车在下山的时候会停靠半山腰的一站，那时候暴雨已经停了，山腰上一座木质结构草铺顶的小屋孤独地立着。雾气萦绕在小屋的边上，有中国古书里仙境的感觉。雨珠子挂在屋顶的茅草上，犹豫着是不是要落下来，老远就可以闻到屋里传出的阵阵茶香。

有一条很窄的小道通往茶屋，下了雨以后，路面有些淤泥，很滑，也不好走，但背着手的茶桑却在我们前面走得飞快。我们跟这个略微驼背的老人拉开十米左右的距离。其实我们已经路过了好几家茶屋，但茶桑都没有停下，而是径直往前走。大概走了一个小时，茶桑才在一家很古朴的茶屋前停了下来。

“就这里了。”茶桑擦擦汗说。

如果在北京，我们绝不会跟着他走到“指定”的茶屋，这太可疑了，一定是骗子。

但茶桑却不是，他坚持要请我们喝茶，并且有点不好意思地说走这么远是因为这家的茶好喝又便宜。我们当然很不好意思让老人请客，坚持到最后，茶桑甚至有些生气了。

“不要看不起老人家哦，我退休金很多的。”

悉听尊便，我们跟着茶桑进了茶屋。

茶屋不大，但里面的陈设简单古雅。这里的老板和茶桑显然认识，礼貌地互相点了点头。茶桑点了一壶茶，和我们找了张桌子坐下，便开始讲起自己的故事来。我们很喜欢茶博士，因为他虽然滔滔不绝，却一点儿也不令人厌烦。他有着南方人特有的谦逊和内敛，说起话来不紧不慢。我们到现在都记得他说的鞋子的故事。

“在我小时候，这个地方很穷，和现在很不一样。上小学的时候我根本就没有穿过鞋子，因为家里没有钱给孩子买鞋。并且孩子的脚一直在长，即使买鞋子也穿不了多久，不划算的。我们就都穿木屐上学，就是一块木板用草绳在上面绑两根带子而已。到了拍小学毕业照的时候，老师说要穿鞋子，我家里人就去给我借了一双皮鞋来穿一天。可是第一天穿到学校就被大家笑话了，因为没有穿过鞋子，我哪里知道皮鞋是分左脚右脚的？平时穿的木屐两只脚都是一样的。”

茶桑的每一句话七马都要翻译给刘兔子听，再加上茶桑是不急不躁的个性，那壶茶整整喝了一下午。中间茶屋主送上来两个切开的茶叶蛋和一些乌龙茶煮的豆腐干，那几乎是我们吃到过的最好吃的茶叶蛋和茶干。两壶茶和几盘与茶叶相关的食物就这样和老人一生的故事落了肚。

茶桑说了好多有趣的故事，又抢着去结了账。我们很不好意思，又有些不知所措。虽然当地人有好客的口碑，但萍水相逢，未免还是有些奇怪。他似乎也看出来我们有些尴尬，就主动说："我是这里的人，算是欢迎你们吧。老婆子走了以后，白天家里只有我一个人，儿子、儿媳妇都要上班，很忙，也没有人和我说话。"茶桑低头合上钱包，"我老了，也没有太多花钱的地方。在家闷了我就一个人上茶山来，喝喝茶，还去看看桃花。缆车有老年人专票，很便宜的，要不要一起去看桃花？"

茶桑又带着我们在山间的小道上利索地穿行起来，这次没走多久，远处就出现一大片淡淡的粉色，含雨带露的桃花如一片片云朵般美丽。茶桑说这是当地村里老人家做的营生。所谓的营生其实也完全不是为了挣游客的钱，甚至不主要是为了美化环境。这里的风景已经很好了，雨水多，各种树木已经密密地长了满山。要种这片桃树，大概还需要砍掉原本的野生树木。

门票非常便宜。这个地方已经进入了老龄社会，年轻人越来越少，老人们种这片桃树只是为了吸引更多的游客。而今天，所有的游客也只有我们而已。这次我们执意要买三个人的门票，茶桑也就没有再争。

"我有时候也会想，要不然也到山上来种几年桃树吧。"茶桑想了想又摇头，"可是如果再老点，桃树种不动了又怎么办呢？"

茶桑一直背着手在桃树林里走，几片桃花花瓣飘到老人的头发里。七马走过去替他拿下来，老人的眼睛湿湿的。

“谢谢你啊。”

我们的陪伴让茶桑恋恋不舍，天快黑了我们才从山上下来。茶桑还要请我们去吃碗牛肉面，不巧的是那晚我们约了些朋友见面，只好婉言谢绝老人的邀请。

“哦，那没关系。我还想我们多有些缘分的，祝你们旅行愉快啊！”茶桑尽量把话说得轻描淡写，但我们仍然听出了其中的孤独感。

这个世界上，大概没有人愿意真的一个人吧。我们默默地牵起了对方的手，紧紧地，紧紧地。

雾里藏龙

刘兔子 | Mika |

我很喜欢在中国旅行，想着借工作的机会去更多的地方。中国对我来说非常神秘且极具吸引力，这是个和欧洲完全不同的国度，对我来说所有事情都那么新鲜。有些人总是抱怨雾霾和嘈杂的环境，抱怨城市太拥挤。但这些抱怨也会变成一种心里的雾，遮住眼睛，看不见其他东西。雾霾很不好，但在雾霾下面，更多奇妙的东西仍然存在于中国。

最近我有一个项目在江西的一个小镇里，从离那里最近的机场也要开车几个小时才能到小镇。每次我到那里的时候天色都很晚了，所以路上的景色我几乎没有好好看过，每次到了酒店也会很累，看看邮件就睡着了。

这一次，我刚上了客户派来机场接我的车，第一件事情就是发微信告诉七马我平安到达了。其实那个时候我的脑子里也全是模糊不清的雾霾，工作和家里的事情交织在一起，感觉很累。

汽车开过一个不知名的小镇，我几乎都懒得往窗外看一眼。一辆警车把我们的车给拦了下来，在车窗的远处，有很多光亮在夜晚闪耀，还听到了嘈杂的人声。

这是2017年春节后的第一次出差。我有一点烦，我以为车子被拦下阻止通行是因为有人在乱放烟花。

司机回过头来开始用中文和我解释着什么，我觉得这个情景有些尴尬。因为他在努力地解释，可我一句也听不懂。但我知道现在车子肯定是开不过去了，所以就干脆下车看看到底发生了什么。

空气中满是火药的味道，而且雾浓得看不清远处。只有爆竹的声音在雾气里移动，并且越来越近。一大队人朝着我走来，我瞬间被当地的村民围了起来。现在这个小镇的街道上的人出奇多，如果是平时，应该没有那么多人吧?

在雾气里，我看见街角处一个巨大发亮的龙头被人们抬着转了过来。发亮的龙头灯从龙嘴处冒着烟，眼睛里的灯泡不停地闪烁，和头旁边的雾气配合在一起，非常有意思。又亮又黄的龙头后面是一条长得望不到尾的龙身，龙的身体是由一节节的龙灯组成，像火车一样，每一节都由两个人举着。现在我总算明白北京春节那几天人们都到哪里去了。

人们举着的龙身在我面前连续过了好几分钟都没有看到尾

巴，我想至少有两百米的龙灯过去了。又过了一会儿，有一队人扛着龙尾走过来，那个尾巴看起来就是和龙头一起做的，又亮又黄。龙尾出现以后，队伍并没有结束，跟着龙尾放鞭炮的人很多，再后面还有举着糖果的一大群孩子。这样的场景对我这个外国人来说真是难得的奇遇。

人的声音和闪耀的龙在街道的尽头慢慢消失，只留下鞭炮的烟尘还飘浮在空气里。我觉得自己碰巧看见了中国文化里很小的一部分，而这部分是古老的传统文化，一小部分在世界大同下生存下来的古老的地域文化。我禁不住好奇，这个小镇上的人要花多少时间和精力以及金钱去准备这一晚上的龙灯游行。

当我回到酒店，第一件事情就是给七马发龙灯队的照片，并且打电话告诉她我看见的事情。她也不知道今天为什么会有龙灯游行，因为春节已经结束，而元宵节还没有到。七马说我很幸运，我看到了她都没有在中国见过的龙灯。我们都很庆幸这种传统在江西的小镇上还没有消失，在北京、上海这样的大城市里已经很难看到这些了。

我的脑子里浮现出小镇上的人准备龙灯游行的场景，他们大概需要为此召开无数次的会议吧？谁设计龙头？又是谁的主意让龙的眼睛闪闪发亮？谁决定龙的身子要有多长？他们会争吵吗？还是一片祥和地就决定了所有事情？谁能举龙头？那举龙尾巴的人高兴吗？游行结束以后，龙灯会被放在哪里？

今年的春节，七马和我决定就待在北京过一个安安静静的春节。除了去看看电影之外，几乎没有什么地方可以去。大多数餐馆都不营业，朋友们也都离开了北京。我们在年前就买了很多的食材原料，每天在家里自己动手做三顿饭，七马还教我包了一盘饺子。我们很喜欢这样安安静静的春节，但是有些时候七马会望着空无一人的街道说："春节在我的记忆里可不是这样。"

在这个小镇上，我看见了真正的中国春节的灵魂，并不是坐在家里看看电视或者打打麻将。在这里，每个人都把自己融进了小镇的游行里。

小镇上的龙灯从雾霾里冲出来，让我看见了不一样的中国。那个温暖的，充满人情气息的传统的中国。

Chapter / 11

七马和刘兔子

和朋友们

最后的餐厅

七马 | Mima |

失败就是失败，对成功毫无帮助，什么“失败是成功之母”，都是胡说八道。非常诚实地说，刚和刘兔子在一起的时候，我对自己离过婚这件事儿还是有一些顾虑的，不是刘兔子顾虑，是我顾虑。

刘兔子说他不在乎我的过去，我相信他，但有时候最难相信的人却是自己。离婚是因为对方出轨和欺骗，可人总是会自责，觉得是因为自己的性格也有问题。尤其是女人，特别容易这样想。

刚跟刘兔子认识的时候，我总是小心翼翼地问他：“你觉得我哪里不好？”

言下之意是，我这里要不要改改，那里要不要改改。

刘兔子的回答永远是：不要改，我喜欢的就是现在的你。

真的吗？真的可以完全袒露自己吗？那些爱情指导书上可不是这么说的。

相信自己和相信别人一样，都是一件很难的事情。

和刘兔子在纽约，因为工作的原因，三天总是在同一个地方吃饭，未免有些单调。两个人站在第五大道的街头犹豫着该去哪里吃饭，一个穿着熨得一丝不苟的白色衬衣的男孩过来和我们借火，他站在旁边听到了我和刘兔子的谈话。

“其实我家有间餐厅，做意大利菜的。”他用意大利口音很浓的英语对我们说，“不嫌弃的话，来吃吧。”

刘兔子立刻兴奋起来，和瘦瘦的男孩用意大利语攀谈起来，这就准备要去。

“等等。”我一头雾水。

“走吧，你不是很喜欢吃意大利菜吗？”

“你不觉得这孩子就像那种意大利街头的小混混吗？”

“走吧。”

刘兔子就是这么容易相信人。

意大利男孩带着我们走街串巷，路痴的我已经完全搞不清方位。在一座很高很高的大厦前，我们停下了，然后看见一扇可疑的门。那根本不是供人走的正门，而是运货的后门。我还在犹豫要不要进去，刘兔子就不由分说地拉着我的手钻进了后门。

进了运货的门，自然上的就是货梯。我绞尽脑汁想找一种语言提醒一下刘兔子。说英语肯定不行，那男孩也能听懂。芬兰语、德语我又说不出来，而刘兔子那时的中文水平还很低。

“死？”

我好不容易想到了中文里最有威慑力的这个字，还伸出了四根手指。刘兔子懂这个，毕竟是做建筑的，中国的电梯好些都没有标第四层他是知道的。但他笑了起来，告诉我不要担心。

他怎么就那么容易相信别人？我真的要和他一起去死吗？

运货的电梯上到顶楼后，男孩走在我们面前爬了一层楼梯，钻进另外一扇小门里，有音乐从那扇小门里传出来。

“就是这儿了。”他探出头来招呼我们跟进去。

“谁知道这扇门后面是什么？”我小声唠叨。

“那多有意思啊！”

刘兔子永远都这么好奇，我却感到有些无力。虽然纽约现在的治安是好了点，可还是有很多罪案发生啊！好可怕。

我脑子里想的这些估计刘兔子从没想过，所以我们还是进了那扇门。

这是一个很大的屋顶，地面（屋顶）被阳光晒得冒出热气。

“哈哈，很像意大利的夏天啊。”刘兔子说这话的时候，我觉得自己不由自主地翻了个白眼。

瘦瘦的男孩走进一个棚子一样的地方，那里面还有两个穿着白衬衣的意大利男人。棚子里满满地堆着各种灶具和厨具，仔细看倒都是些好东西，是只有极其讲究的厨子才会买的品牌。虽然堆得乱，可每样东西都干干净净的，锅和碗也擦得没有一点儿水渍。

几个意大利人不知从哪里找了张木折叠桌出来，再加上两把打开的折叠椅，就算是我们的餐桌了。瘦男孩帮我们铺上白色桌布，漂亮的红色餐巾居然也认认真真地被叠成了天鹅的形状，他的小臂上还搭着一条白色毛巾。我差点笑出声来。

原来的餐厅侍者搭毛巾是象征性地帮客人擦一下凳子和桌子，以示对来宾的尊敬，现在已经很少有这样的做派了。可以看出来这个也就十几岁的男孩在无比努力地为我们两人充当侍者，和刚才抽烟借火的他简直判若两人。男孩开始自我介绍，说自己叫Peppe。

“先生、女士，Peppe很高兴为您服务。欢迎你们在最后的餐厅用餐。”他是这么说的。

最后的餐厅？我没好意思问这是怎么一回事，会不会是吃完再杀死我们呢？意大利黑手党的餐厅？我拉拉刘兔子的衣服，可他完全没感觉，一心在和Peppe商量点什么菜，配什么酒。

这是什么鬼？

欧洲餐厅的速度都很慢，点菜要点好久，上菜更是需要等一个世纪，而且是绝对不能催促的。“服务员，催催菜。”——这种事情在欧洲根本不可能发生。

我们对着一个免费的面包篮喝了两杯起泡酒，天色已经暗了下来。屋顶的温度降了下来，间歇有一丝微风。Peppe拿来一支蜡烛，放在桌布中央，破屋顶瞬间有了浪漫的气息。看刘兔子和Peppe都那么放松，我也不得不把快要死了的想法先抛到脑后，很生硬地抛到脑后。

“一会儿上菜了我就吃，管他呢，死也要做个饱死鬼。”我小声嘀咕。

“中国的鬼都是饱死的吗？”刘兔子问。

“嗯，我们中国人都是吃饱了才上路，鬼也一样。”

上菜时，跟着Peppe一起端菜的还有一个小女孩，也就十岁左右的样子，大眼睛，黑鬈发，长得非常漂亮。她一看就是临时来充当服务生的，一边端盘子一边笑，汤都洒出来了，而且还把我点的汤端给了刘兔子。只要是这个姑娘端出来的菜，无论什么都是端给刘兔子的。

“喂，那是我的菜，那是我的男人。”

“菜是我的妈妈、爸爸和奶奶做的。”她毫不示弱。

“那男人是我的。”

这小姑娘陷入了沉思：“拿我哥哥和你换！”她指着Peppe说。

刘兔子被一口汤给呛住了。

小姑娘是Peppe的妹妹，在厨房里做饭的是Peppe的妈妈和奶奶。等主菜上来的时候，Peppe的哥哥也上场了。

Peppe的哥哥不像Peppe那么高瘦，胖胖矮矮的，还有个大肚腩，却步履轻盈。他夹着一把小提琴从那个像棚子一样的地方走出来，摇头晃脑地开始演奏起来。不是那种很做作、严肃的演奏，而是非常即兴的曲子，我们从未听过。他间或还会突然停下来，踮起脚跳一段芭蕾。

如果说Peppe家的意大利菜在纽约只能算是二流的，那Peppe的胖哥哥的即兴演奏和舞蹈就堪称一流。演奏完后，他大大咧咧地拉了把椅子在我们的桌子旁边坐下来，一边和我们攀谈，一边吃喝起来。小姑娘也凑了过来，非要坐在刘兔子身边一起吃，刘兔子干脆把她抱到自己的大腿上坐着。

胖哥哥叫Alex，是非常典型的意大利人，健谈，能吃，嘴不带停的，一边吃一边说。虽然哥哥和妹妹都已经不请自来地加入了我们的晚餐，但Peppe却丝毫没有懈怠，一直在一丝不苟地为我们服务，我们的红酒杯和水杯都没有空过。看他一脸认真的样子，我很后悔之前觉得他也许就是个游手好闲的街头小混混。

“Peppe真棒，像个真正的餐厅大堂经理。”我不由得说。

“就是因为Peppe很棒，爸爸妈妈才卖了那不勒斯的餐厅到纽约来的。”Alex一边喝酒，一边竹筒倒豆子一般和我们说起这间餐厅的故事。

Peppe一家原来在那不勒斯有家生意还不错的餐厅。一年夏天，Peppe和朋友来了纽约旅游，回去以后就开始说服家里人来纽约开餐厅。这是个重大的决定，一家人浩浩荡荡地来了纽约，租房子，买东西，把餐馆开了起来，可生意却不尽如人意。纽约的房租比他们预想的要贵太多，短短几个月时间，房租和水电就耗光了他们的所有资金，无奈餐馆只能停业，全家人准备打道回府。

他们已经买了下个星期回意大利的机票。现在这个棚子里的东西就是从餐厅搬出来的所有家当，一些没人要收的家具和全套的厨房设备。幸好这幢破楼的业主是他们的一个意大利同乡，允许他们暂时在这个屋顶寄放东西。

我一下就明白了Peppe之前所说的“最后的餐厅”的意思。在我看来，这是一个略有些悲伤的故事，可Alex是一边笑一边喝着酒说出来的。

“那以后怎么办？”我问。

“回那不勒斯，继续开餐厅。”

“开餐馆的钱怎么办？”这句话我哽在喉咙里没说出来，因为怕不礼貌。

可Alex却自说自话地回答了这个问题：“自从我们搬到纽约来，餐厅就是Peppe的了，一切都由他说了算。那不勒斯的餐厅是爸爸白手起家开起来的，我相信Peppe也可以。你看他多棒，天生就是个餐厅经理，会有很多姑娘喜欢他的。来！干杯。”

我们又大口大口地喝下一杯甘甜的红酒。接下来Peppe给我们上了好多菜，绝大多数都是我们没点的，摆了满满一桌子，吃都吃不完。刘兔子和我再三要求Peppe和他的爸爸妈妈也坐下来一起吃，于是他们干脆又搬了两三张折叠桌出来和我们的那张拼在一起变成了长桌宴。Peppe的爷爷奶奶也出来了，还有Alex的女友。后来又来了几个人，据说分别是Peppe的叔叔一家和Peppe的意大利朋友，之后借这个屋顶给他们的那个意大利同乡也来了。几个人拿上乐器和Alex一起演奏，其他人则开始跳舞。年纪大的奶奶不跳舞，就一杯一杯地喝着红酒。爷爷则在桌子旁边削着一个茄子。而喜欢刘兔子的小姑娘已经在一把椅子上睡着了。

刘兔子说对了，这个夜晚绝对不属于纽约，而是意大利的夏天。

音乐不断，食物不断，美酒不断。Peppe感激地跟我们说，谢谢我们帮忙吃掉了好多肉，不然冰箱一断电，这些好的原材料就都会坏掉。纽约屋顶的那不勒斯party一直持续到天蒙蒙亮，我和刘兔子才微醺着告别这如梦一般的一家人。

“好不可思议啊，Peppe的爸爸妈妈家产都没了，还那么开心。这要是在中国，估计全家都会跳楼了。”我在早晨的寒风中拉紧衣领。

“没什么不可思议的啊，要换了是我，估计也会这样。重要的是把冰箱里的东西吃光，上好的牛排可不能糟蹋了！餐厅没了，牛排却还是牛排。”顶风走着的刘兔子坚定地说，他对牛排的爱是不容置疑的。

“你真的不怕失败吗？”

“不怕啊！失败是人生的常态，成功才是罕见的。重要的不是害怕失败，而是如何处理失败，知道以后该怎么办。”

“你说，Alex怎么不当餐馆经理，而是Peppe呢？”

“你去跳舞的时候，Alex跟我说，只有他和还没结婚的女友不回意大利，要留在纽约。他考上了纽约音乐学院，这是全家的大喜事。而且Peppe他们明年又可以买机票来纽约了，参加Alex的婚礼。”

“啊，看来也不都是坏事嘛。”我把手插进刘兔子的大衣口袋里取暖。

“那当然，又不是拍电影，哪有纯粹的悲剧或喜剧？生活都是有棱有角的。”

我好喜欢刘兔子说的这句话啊。

“兔子，咱们以后也开餐馆好不好？开一家土耳其餐馆好不好？”

“好啊！中国姑娘开的土耳其餐馆，一定有卖点！”

我们不恨萨帝

七马 | Mima |

几年前，刘兔子的一些欧洲朋友说摩洛哥到处都是骗子，摩洛哥人说十句话，最多信半句。在刘兔子的故乡芬兰，十句话是可以信十句的。中国人的话，我觉得十句信五句吧。所以在去摩洛哥以前，我们是有准备的。

2016年，第一次去摩洛哥时，我交了一个很特殊的朋友。他是当地亲王的二儿子，只有二十五岁，为人善良稳重。虽然他并没有爵位，但我和朋友们都叫他王子，算是昵称。

圣诞节的时候，已经变成了好朋友的王子再次邀请刘兔子和我远赴摩洛哥的古城非斯，住在他那座总占地六千多平方米，有两层带庭院和花园的巨大宫殿里。对于热爱古建筑的刘兔子和喜欢历史的我来说，这是极其幸福的事情。

住在非斯的几天里，我们几乎每天都会碰到奇妙的事情。

刘兔子穿套装很好看，他还喜欢古董袖扣，除了兔子爸爸给的一对经典大牌外，我一直想再给他配一对稍微花哨一点儿的袖扣。于是我逼着他进了古城区一家看起来很贵很贵的古董店。这是座两层木石结构的老房子，四周弥漫着薄荷茶的香味，水烟的烟雾里坐着一个穿摩洛哥杰拉巴带帽长袍的中年男子。他就是店主萨帝。

摩洛哥男人年轻的时候往往清瘦高挑，比如年轻的王子。但年纪大了普遍会发福，比如眼前这位萨帝。不得不承认我对萨帝的第一印象没有那么好。他的大啤酒肚把米黄色竖条纹杰拉巴撑成了一个西瓜，脸庞红润，笑起来声音像一个标准的阿拉伯奸商，从一楼轻轻松松就飘到二楼。这样的人物，只有电影里才有。

可我们一进店里，就好像走不了了。不光是因为萨帝给我们倒了喷香的薄荷茶，还有这间犹如历史博物馆一样的古玩店深深地抓住了我们的眼睛。墙上挂满了各种阿拉伯刀具和精美的金银制装饰盘，还有一个巨大的玻璃展柜，里面布满了各种古代硬币。如果你记得《加勒比海盗》里海盗们在山洞里打开宝藏箱的场景，你就多少能体会我们当时的感觉。

我看上一副漂亮的袖扣，刘兔子觉得有点贵。我们和萨帝砍了半天价，还是买下来了。

“这位太太有一副好心肠，她是个好女人。”萨帝对刘兔子说。

兔子亲了我一下。

萨帝又说话了：“你们不要看我现在这样，年轻的时候，波斯的姑娘们为我打架，奥地利的姑娘们为我打架，欧洲各地的和本地的姑娘们都为我打架。”

“她们为什么打架？你可以娶四个老婆啊。”我插嘴。

“啊哈哈哈，咦嘻嘻嘻，我喜欢你们。”萨帝的笑声只要听一次就一辈子也忘不了。电影里的大坏蛋怎么笑，他就是怎么笑的。从此，萨帝的笑声就在我们耳边一直萦绕，从没断过。

“上来，上来，我今天有时间，我要给你们看真正的宝藏。”他招呼我们上二楼。

古玩店的一楼已经惊为天人，二楼更是无法用语言描述。里面精美的挂毯，罕见的各种古董家具，中世纪欧洲以及阿拉伯地区所有你想得到的武器和精美的古代天文用具，贵族家里才有的奢华家具，各种动物标本和化石，和你所想不到，甚至连博物馆里都没有的一些东西。旁边有间屋子是他的办公室，古典的大木桌上放着一台中古电话和几卷羊皮纸，墙上是几张褪色了的黑白照片。很难相信在座机几乎绝迹的现代，他桌子上还有一台黑色的电话机。我本来想问他这台电话是真的在用，还是只是古董摆设，那古董电话就响了，声音真好听。萨帝接起来就开始说法语。他后来告诉我们，那是他的客户之一，一个法国老太太。萨帝的好多客人不用E-mail也不用智能手机上的聊天软件，他们会写信，会打有线电话给萨帝。天哪，连古董店里的客人都是古董。

“这是我小时候，这是我爸爸，这是我爷爷。我家六代人都在非斯做古董生意，我是我爸爸的第十一个儿子，我的哥哥们都上大学了，只有我喜欢在这些旧东西里打转，啊哈哈。”

萨帝从书架上抽出几本杂志，法语的、德语的、英语的都有，还有意大利Vogue和一本我不知道是什么的日本时尚杂志。

“你们看！这些都是采访过我的杂志，这个城里的每个人都认识我。”

萨帝的确很有名，他也几乎认识这个城里的每一个人。

“你们住在哪儿？”他问。

刘兔子刚说了一半宫殿的地址，萨帝就把眼睛瞪大，双手捂住胸口，喊出了王子的全名，似乎还呼唤了安拉。

“我的神啊，你们原来是他的朋友！他也是我的朋友，他姐姐婚礼上所有的首饰和器具都是我操办的。我的天哪！我的神啊！”

其实我和刘兔子并不觉得有必要那么吃惊，这个地方的人或多或少都认识王子一家，是件很正常的事情。萨帝借着这股认亲的势头，又给我们“介绍了”好几件宝贝。因为古玩的成色的确不错，价格也可以接受，我们又买了几件，准备送朋友。刘兔子想送我一条古董项链，我坚持不让他买。因为即使砍了价也太贵！我本来就不太喜欢首饰，再加上妈妈给我的一条上世纪七十年代蒂芙尼项链在脖子上戴了几十年从没摘下来过。我不打算花钱买首饰，担心不善砍价的刘兔子继续上萨帝的当，拉着他就跑出了古董店。

“我觉得咱们被这只老狐狸宰了。”回宫殿的路上，我说，“你看见他听说咱们是王子的朋友以后，脸色有细微的变化吗？东西的价格也有细微变化。”

“嗯。”刘兔子也同意，“但是，我不觉得恨他啊。”

“我也不恨他。”

我蒙了，嘴里还留有萨帝店里薄荷茶的香气。这就是吃别人的嘴短吗？萨帝的笑声还在我的头脑里来回盘绕飞舞。

和王子谈起萨帝，王子想了一会儿说：“哦，他呀，很好玩儿的，你们慢慢等着吧！”

这算什么评价啊？

从古董店回来的第二天，兔子和我去了另一座城市梅克内斯。一个下午就都在集市上闲逛，我在当地一家店里发现了萨帝卖给我们的一对小茶杯。茶杯很好看，也是古董，只是萨帝要了我们两百欧元，而梅克内斯的店里开价就是三十欧元，还能往下砍价。

一回到非斯，我就冲进萨帝的店里。他依然悠闲地在柜台后面喝茶、抽水烟。我半开玩笑地给他看了我在梅克内斯拍的照片，他又哈哈大笑起来。

“萨帝，你不是好朋友。”

我刚想在脸上挤出一些失望的表情，就觉得颈部一凉，昨天我们舍不得买的古董项链被萨帝套在了我的脖子上。

“送给你的！只为了让你高兴。这个梅克内斯可找不到，整个摩洛哥只有一条。你知道这是好东西。”他张开双臂，紧紧地把再次蒙了的我搂在怀里。

“我发现女人生气的时候走路最快。”

刘兔子这时才一脚踏进店里，看见萨帝把我搂在他的大肚子上也愣住了。我无声地指指脖子上的项链，我和刘兔子都是那种特别容易被感动的人，这次被萨帝妥妥地制服了，并且觉得欠了他点什么。

“你们明天去哪里？”萨帝再次给我们端来了薄荷茶，还有银盘子装着的丰盛茶点。

“王子给我们订了去舍夫沙万的车。当天去，当天回非斯。”

“哦，那我一定要推荐你们去舍夫沙万最棒的一家餐厅，老板是我的好朋友，那里的菜非常好吃，你们一定要去。另外帮我问问老板，有没有需要带给我的奶酪，帮我把奶酪取回非斯。”

被赠予了这么贵重的项链，取个奶酪又算什么？

我和兔子一到舍夫沙万就开始四处找这家餐厅。萨帝说餐厅很有名，但其实非常难找。大概是因为餐厅太高端，街上的人都不知道。也亏了刘兔子这个一半儿德国人，我们在舍夫沙万六个小时，四个半小时都在找这家餐厅，因为得带奶酪回去啊。所幸这家餐厅非常漂亮，虽然不大，但极有档次，老板也幽默而彬彬有礼。

“我们从非斯的萨帝那里知道了您的餐馆，请问您给萨帝的奶酪在哪里？我们可以帮着带回去。”刘兔子说。

“什么奶酪？我们不做奶酪。”

餐厅老板的回答又一棍子把我们打蒙了。

“死骗子萨帝，一定是饭托儿！骗我们来这家昂贵的餐厅消费。”我咬牙切齿地用中文和刘兔子说，我不敢说英语，因为老板懂英语。可说中文的结果是连刘兔子也完全没听懂。

不过我生气也没持续多久，因为餐厅的菜真的太好吃了！走了那么多路，是真饿。我们一坐下就点了好多好吃的，吃了个够。结账的时候，刘兔子又一脸蒙：“老板说不要钱，因为萨帝打了电话，已经把账给咱们结了。”

回到非斯，我第二次脚步如飞地跑进萨帝的店铺：“萨帝，你个老狐狸，快出来！谁让你结账的！”

“啊哈哈哈！”

萨帝的声音先从二楼飘出来，然后才是他挺着大肚子的肥胖身躯。我和刘兔子也笑了起来，这个死老头儿，耍了我们一次又一次，可是我们对他真的是恨不起来。

免不了的又是薄荷茶和茶点，只是这次，我们捂住钱包不买萨帝的东西。

“你今天怎么不穿杰拉巴了？”我看着萨帝一身不知真假的阿迪达斯加耐克。

“我要锻炼身体，戒烟戒酒。和你们中国人一样，我们摩洛哥人也很重视家庭。我妻子和儿子昨天跟我说，要我再活一百年，于是我下定决心锻炼。对了，我的家很漂亮，有个很美丽的花园，你们要不要和我一起去吃晚饭？”

就这样不由分说地，穿着运动服的萨帝，这个步履轻盈的胖子拉着我们的手把我们带去他家里。诚实来说，这里无论大小还是布置和宫殿都没法比，但是另有一番很女性化的精致美。小花园里的每一种植物都经过园丁的精心修剪，中间的小池塘连着喷泉，甚至还养着中国金鱼。我隔着日本红枫，还看到一对蓝孔雀漂亮地停在灌木上。

刘兔子告诉我，各种异国花卉、喷泉，再加上孔雀，就是伊斯兰教里天国的画面。萨帝很疼爱他的妻儿，太太不太会说英语，可是非常漂亮有礼貌，而孩子们今天都不在家。我们被请进客厅，有用人给我们倒上香茶。

“怎么样？你喜欢吗？”萨帝问我。

“喜欢。”我没法说假话。这几天住在说话都有回声的巨大宫殿里，此时看到这个小小的精致的庭院，觉得非常温馨。

“喜欢你们就搬来住吧，我和家人可以搬到店里去住！我家的大门不是对所有人打开的，但只对朋友，我爱的朋友们。”

我和刘兔子交换了一个眼神，我们都明白萨帝又在卖空头人情。他明明知道我们住在王子的宫殿里，怎么会突然就搬到他家呢？

“那我就住！”邪恶在我的心里作祟，我要撕碎萨帝的空头支票。

“啊？真的吗？”刘兔子小声对我耳语，“住宫殿不是很好吗？”

“萨帝，我们住宫殿住腻了，我要住你家！”我又大声说。

萨帝把头埋进茶杯里笑了笑。

酒足饭饱后，我们回到宫殿。

“既然你说要住在萨帝家，那我们要不要收拾行李？”兔子还真当回事儿。

“才不用。他根本不会真的让全家搬出去给我们住。”

可是不一会儿，王子一脸不解地跑来说：“萨帝家的车子已经在宫殿门口等你们了。你们为什么要搬家呢？是我招待不好吗？”

“不是，不是，以后再和你解释。我们就去住一晚，就一晚。”

我和刘兔子忙不迭地收拾衣服，扔下觉得自己招待不周的内疚王子，竟真的搬去萨帝家住了。我们到的时候，萨帝全家人早已无影无踪，但整栋房子都重新打扫过。客房卧室的床上撒满了花瓣，热薄荷茶的香气依旧。

“你非要试他的真心，好了，这下他真把家让给我们了。等他来中国，咱们也得把家让给他。”刘兔子说。

没想到萨帝真的把家腾给我了！好吧，既然有赌，就要认输。萨帝，我输了。你的热情是真的。

第二天，我们吃了早餐就乖乖搬回了宫殿。王子仍是一脸的不解和尴尬。

萨帝跑过来对我说：“哼！你是觉得我不会真的把家让给你们住吧！你在试探我的真心。”

“嗯，是的，你赢了。”我已经彻底输给了萨帝。

“这个，你拿着。”他笑了笑，塞给我一个小布袋子。

我打开一看，是一对绿色宝石镶嵌的漂亮男士袖扣。

“这个送给你先生。这真的是好东西，之前卖给你的那个，嘿嘿，是便宜货。”

“萨帝！你个老狐狸！”

“啊，哈哈哈！我喜欢你们。”

他再次把我和刘兔子紧紧搂在怀里。

酒友

七马 | Mima |

我和刘兔子几乎可以一起做所有的事情，百分之九十感兴趣的事情也一样。唯独有两件事情，我是知道自己无法陪他做的：一是艰苦地徒步旅行，我喜欢走路，但受不了几天不洗澡；第二是喝酒，作为芬兰人，刘兔子和其他芬兰人一样都特别爱喝酒。

我不是特别能喝酒，略微品尝一下鸡尾酒的味道对我来说就够了，可刘兔子的酒量却是我的几倍之多。喝酒也不应该是一个人的事情，那样叫喝闷酒，我一直希望兔子可以找到好的酒友，一起享用我无法陪他享受的美酒。

刘兔子不是酒鬼，可是非常爱酒，好的那种。我们家里有全套的调酒用具，他的朋友里酒吧老板和酒保占了很大的比重。刚认识那会儿，我要去柬埔寨旅行。兔子说："我在柬埔寨有个朋友是酒吧老板，你要是喝酒就去他那里。"刘兔子的酒友遍布世界各地。

酒友其实并不好找，酒量要好，酒品也要好。都说酒后吐真言，酒后也最能显露一个人的真性情。兔子曾经有个酒友在兔子喝醉以后让他一个人回家，我心里就觉得这不是个可靠的人。后来兔子对我说："我觉得你说得对。他自己的生活也一塌糊涂，妻子不理他了，工作也没有。"

男人是男人还是孩子，喝了酒一目了然，以酒会友绝对是男人的专利，尤其是北欧男人，酒是他们的文化。

刘兔子的中国酒友不多，只有一个我一直记得，那真的是个非常好的人。王老师（化名）是个画家，其实他的酒量和刘兔子没法比，但每次他们都能在一起喝得很开心。王老师知道自己的酒量，不喝得少为了陪着大家的兴致，不喝得多为了不麻烦别人。喝酒并不一定是坏事，只要有自制力，不喝得烂醉就能怡情。王老师从来都是喝得刚刚好。

唯独有一次，刘兔子的公司开派对，请了很多人。当时他们和一家日本公司一起合作一个项目，合作公司来了很多日本建筑师，还有好多人带了别的朋友来。王老师是开车来的，他虽然年纪不小了，但还是单身，一直没结婚。王老师出身很好，只是自由生活惯了，于是就这样一直过下来了。

那晚消耗了不少的酒，大家都有点醉了，我嘱咐王老师一定要找代驾。派对结束的时候已经是凌晨，大家都各自回家，没喝酒的朋友会稍带把其他人送回家。我和刘兔子在打车回家的路上接到了王老师的电话。

“七马，好奇怪啊。我记得从我家开五个红绿灯就可以到刘兔子的公司，可是我今天都开了十多个红绿灯了还没到家，奇怪啊，奇怪。”

“等等！王老师你喝酒了，不能开车！酒驾很危险。”我有点着急。尽管我说的是中文，但刘兔子几乎听懂了。

“没事，没事。我快到家了，我没喝多少。”王老师说，“但是还有件更奇怪的事情，我车的后排座位上还有个日本人，一直在对着我吼叫。我既听不懂日语啊，我也不认识他，这人哪儿来的啊！”

“先别管日本人了，王老师，王老……”

电话还没讲完就被挂断了。我很着急，立刻和刘兔子一起下了出租车，又拦了一辆车往王老师家的方向去找他。酒驾实在是太危险了，并且他车上还有个不认识的日本人。算了，不管那个什么日本人了。

我们一边往公司的方向返回，一边继续打王老师的电话。一直没人接，打了几十个后，王老师总算接了。

“哎呀，我还是在开车啊！过了好多好多的红绿灯还没到家，今天这路况真是奇怪了。不过好在日本人不叫嚷了。”

“王老师，你快停车，我们去接你。”我话还没说完，电话又断了。再打过去就关机了，我们估计是他的手机没电了。

“我们一定要找到他。”刘兔子很坚决，“他是个好人，不能出事。”

“那个无辜的、陌生的日本人也不能一起出事。”我说。

然而我们顺着公司到王老师家的路找了好几遍都没有任何结果，去他家敲门也没有人。我开始给所有参加了派对和认识王老师的人打电话，都没有任何消息。天快蒙蒙亮了，我和刘兔子最后决定报警。即便王老师酒驾被抓也比他出事要好！

在派出所说明情况的时候，我才发现我们不但不知道朋友的车牌号，就连王老师的全名都不知道。他是个自由职业者，除了能提供地址和手机号码以外，我们更多有用的搜寻信息都提供不了。

坐在派出所的长椅上，刘兔子握紧了我的手：“希望他不要出事，王老师真的是个好人。”

“你们怎么认识的？”我问刘兔子。

也许是为了稍微从紧张的情绪里缓解一下，刘兔子告诉了我他和王老师相遇的故事。大概一年半以前，王老师想把自己在四合院里的工作室翻修一下。因为是个木结构的四合院，王老师经人介绍后认识了刘兔子。开始王老师不相信一个外国人是修复中国古建筑的专家，但因为是朋友介绍的，他又不好意思太直接地拒绝。于是好面子的王老师在望京的一家餐厅请刘兔子公司的几个人一起吃饭，本是打算客气地推掉这次合作的。

谁知道这天晚上大家酒喝得不少，王老师的婉言拒绝还没开始，一件意外之事突然发生了。刘兔子公司一起去的还有一个日本结构工程师和一个西班牙年轻建筑师。日本结构工程师是个戴眼镜的中年男人，他很少喝中国的白酒，那晚上喝得有些多。有人喝多了睡觉，有人喝多了大哭大闹，这位是喝多了裸奔。日本工程师以非常快的速度脱掉所有衣服跑出了餐厅，所有人都被发生的事情吓蒙了，等反应过来的时候，日本结构工程师已经奔跑在了望京人少车少的大街上。西班牙年轻人追了出去，刘兔子和王老师也追了出去，他们后面是餐厅的厨师以及服务员。

喝醉了的日本人在夜风里跑得还异常快，大街上居然没人敢拦。可日本人还是日本人，在一个红绿灯前面他猛然停了下来，因为那时是红灯。刘兔子等人开始大笑，大概是在夜风里跑得太急了，将近一米九五的西班牙建筑师吐了。不巧站在他前面的是身材不高的王老师，呕吐物从天而降，“醍醐灌顶”浇了还在发笑的王老师一身。不过好在王老师是光头，可冬天的一身毛衣只能扔掉了。等把裸奔的日本人和呕吐的西班牙人都送回家，刘兔子看见王老师大衣里没有任何衣服，只空空地挂在了身上。兔子觉得不用王老师说他们也不会签合同了，可没想到那晚以后，王老师主动寄来了合同。工作室修好以后，他就和刘兔子成了酒友。

男人的友谊真是匪夷所思。

不知道在派出所的长椅上坐了多久，一个警察走了过来。

“找到了，他没事儿。”

“啊？在哪儿找到的？”

警车把我们带到一个非常熟悉的地方，那是刘兔子公司的停车场。早上天已经亮了。我们看见王老师的车根本没发动，稳稳地停在停车场里。他是真喝多了，手握方向盘“开了”一夜。在停车场前面不远处就是一处红绿灯，王老师昨晚说的开过了好几处红绿灯估计都是这一个。车子的后座上有个睡得很香的日本人，我们估计他昨晚是嚷嚷着提醒王老师开车要打火吧？

好在平安无事，王老师也没有真正“酒驾”。

但是自此以后，刘兔子又没有酒友了。因为王老师再也不开车，也不喝酒了。他们有时候会一起在他的工作室喝茶，一边喝一边笑，王老师满脸通红。

茅台朋友

刘兔子 | Mika |

有件事情是所有来中国工作的外国人聚在一起都会谈到的，那就是饭桌文化和茅台文化。

我第一次被请来中国做项目的时候，就对这些充满了浓浓的好奇。北欧人喜欢把工作和生活分得很开，工作关系就是工作关系，生活就是生活。所以人们一般也很少在工作中交朋友，我们觉得只有这样才能更好更专业地工作。

而中国人，尤其是中国北方人是一定要在工作中交朋友的。有的甚至是必须先成为朋友，才能产生工作关系！

我们公司在中国的第一个项目位于一个很小的村庄，从一个二三线城市的机场开车四五个小时才能到那里。当地的客户非常骄傲他可以从遥远的北欧请到专家。对于这个小地方来说，这是个很大的项目，所以当地人把我们当贵客来招待。村子里的村长更是十分重视，这是他第一次见到活的外国人，不是电视上的那种。

可我们的第一次见面，村长就觉得有些不好意思。因为我穿了全套的西装，而村长自己却穿得比较随意。后来我每次到这个村子或者附近的地方，村长都会请我吃个饭，来见我一次。

他说他只是好奇我到底有多少套西装和多少条不同颜色的领带。

我们的客户非常热情，每次都要让司机到机场接我们，然后请吃午饭、晚饭，干杯干杯，干杯完了还会去KTV。我不是很会唱卡拉OK，那时候也根本不会唱中文歌。幸好客户是个“麦霸”，每次气氛都被他带动得很活跃，所以我也总是感觉到很快乐。

我的客户是个个子不高的中年男人，还有个不大不小的啤酒肚。他总是穿着不同花色的POLO衫配上金色Logo的皮腰带。他很喜欢卡拉OK，一边唱还会一边扭上几下。

客户是个很热情的人，我叫他——茅台朋友。因为每次吃饭，他都必带一瓶茅台酒。要是餐馆不让自带酒，他就会自信满满地去说服老板说自己带的这瓶茅台是最好的，餐馆卖的酒太烂。一般他都会赢，我虽然听不懂他们到底说的是什么，不过他赢了，我也会替他高兴。然后在他的热情邀请下，我们会很多次干杯，直到把茅台喝完。客户的脸会喝得和茅台的盖子一样红，这就到了去唱卡拉OK的时候了。

总是客户一个人唱，他大概也会觉得无聊。于是有一次，他的翻译告诉我，客户正在学习一首英文歌，等我下次来中国可以和我一起唱，他的女儿正负责教他怎么唱这首英文歌。我当时觉得很惭愧，自己不会中文，才会让他这么辛苦地练习英文歌。

过了几个月，客户的翻译又告诉我，客户的女儿是个好老师，客户的英文歌基本已经学会了。

再来到中国开会的时候，我们又干杯很多次，然后一起去了KTV。刚进包间，我就看到了屏幕上正待播放的英文歌，是《泰坦尼克号》的主题曲，《我心永恒》！屏幕上是莱昂纳多抱着凯特·温斯莱特站在船头。

客户笑着把麦克风递给了我。

“你会唱吧？”他说。

“嗯，我会。”

我心想，管他呢！反正都喝醉了就一起唱吧。在欧洲我是绝对不会唱这种高音很多的歌的。

客户很体贴，他的女儿也果然教得很好，席琳·迪翁的高音部分全都是他去飙的，而且每次飙高音他都要使很大的力气，甚至连脚都会踮起来，我们唱得很开心。我非常感谢不会英语的客户为和我一起好好玩，专门练习了这么难唱的女歌手唱的英文歌。

中国真是个热情而奇妙的国度。

Chapter / 12

没有
宫殿的王子

没有宫殿的王子

七马 | Mima |

我和刘兔子也有相看两厌的时候。在一起久了，一起经历的就多，无论是好事还是坏事，都要经历。我和兔子只是普通的男人和女人，要跨越语言和文化的障碍，更不要说我们还有生活这个极其现实而残酷的局面需要面对。

几年的“在一起”以后，一次偶然的机会，几个女同事突然提议一起去旅行，四个女孩的旅行。我这才猛然意识到，天哪，我这么多年几乎所有的旅行都是和刘兔子一起的，他是我照片里唯一的男人。

这次旅行带给了我太多东西，完全超出了旅行本身。和女孩们在一起的快乐让我把生活的重心从和兔子的生活里暂时转移。

在爱情之外，还有很多东西是极其美好的，本来这趟女孩们的旅行积极又完美。

可命运这东西真的是个贱人，它会想着法儿地捉弄你。哪个女人年轻时没幻想过嫁给一个王子呢？我，也想过！十六岁的时候我的生活里没有王子，二十岁的时候也没有，偏偏，三十多岁，第二次结婚以后，王子来了。

我们几个心很大的女孩不但没有从马拉喀什被劫事件里吸取任何教训，反而胆子越来越大，买了到非斯的夜班火车，深夜三点才能到非斯。并且我们连在非斯的住宿都完全没有预订好，打算到了先吃早点，拖着箱子再做打算，我们完全没料到第二次危险会紧跟而来。

一等座一节车厢里有六个座位，四个姑娘进去之后就聊天拍照，别的根本没多想。窗外的沙漠很美，总算离开了马拉喀什。我们说着笑话，高兴得一塌糊涂。列车在暮色中慢慢开起来，一个穿黑色传统服装的阿拉伯人走进车厢，开始询问我们从哪个国家来，下一站是哪里？同事们认真回答了他的问题，很有兴致地和他聊起天来。但这人却突然兴致阑珊，拿出手机用阿拉伯语讲起了电话。一对欧洲夫妇在这时开了包厢门，他们看看车票，又看看穿黑衣的阿拉伯人，对他说："这是我们的位子。"

黑衣阿拉伯人二话没说就站起来离开车厢，也没有和我们说再见。我这才注意到，除了手机和一个塑料袋，他根本没有任何行李。

"姑娘们，这个阿拉伯人不是好人。"欧洲夫妇告诉我们，"我们在摩洛哥的时间比较长，这种事情看多了，你们四个亚洲女孩太容易辨认了。他们知道你们在哪站下车，只要打个电话就可以通知等在当地的同伙，一出火车站，你们就会被抢。”

我们开始有些担心。好心的欧洲夫妇要比我们早下车，而我们一直要坐到非斯，也就是这条线路的终点站。那时候还是凌晨，天仍然是黑的。于是欧洲夫妇建议我们找人来非斯车站接站。

幸好出国前我们租了一个移动Wi-Fi，本来是为了工作方便，现在倒是派上了用场，我们用电脑在Airbnb上找住宿的地方。我决定只看房主头像是男性的房源，因为我希望房东可以来接我们，而房东是女性并不一定可以帮到忙。一个一个地留言问下来，大多数房东都没有回复。当时已经是夜里一点钟，摩洛哥人一般睡得早。当点击到一个年轻男孩的头像时，他还在线，并且回复非常快，派司机到车站接我们一点儿问题都没有，并且他自己也会熬夜等我们。谈定了所有的事情，我才开始看他的房源和价格。

“这家伙可真会拍照片。所有房间都那么大，看起来像宫殿一样，不会是在网上瞎找的照片吧。”我对同事们说。

幸好房租并不贵，只要他可以找车和司机来接我们，实在不行第二天再换房子都可以。摩洛哥的火车时常晚点，这一次晚点了一小时十五分钟。我很难忘掉那个晚上，摩洛哥的夜风里，一个穿着干净衬衣的瘦高男人举着一张写着我名字的纸，不知道等了我们多久。这位很儒雅的老先生就是我们的司机，路上我和他聊天，发现他称呼房东为“王子”。我翻译给同事们听，大家都觉得有些好笑。

车子拐进了迷宫一样的非斯老城，路越来越窄，可开到一个地方却突然变得宽敞了。车子停在一扇大铁门前面，司机让我们等等，他打了个电话。不一会儿，铁门开了，里面走出来一个长得挺帅的男孩子。他看上去也就二十刚出头，穿得很随便，走过来和司机一起帮我们拿箱子。我们还想谦让，可马上就发现真的需要他们帮忙。光我们几个的话，很难把全部的箱子都拎上台阶。好多好多的台阶啊，可那些台阶和护栏都异常华丽漂亮，地板也简直堪称奢华。我们走了好久，这座建筑似乎不是一般的大。没过几分钟，早晨曚昽的光线里，我们真的到了一座阿拉伯宫殿里！那占地几千平方米，两层的宫殿慢慢映入我们眼帘，一切变得像梦一样不可思议。我们住的房间在宫殿的二层，与其说是一个房间，不如说是一个巨大的大厅，六七米高的拱形屋顶上悬挂着古代水晶吊灯。房子太大，如果想和朋友说话，喊都未必可以听到，得打电话才行。

“这就是你们的房间，如果你们需要什么可以告诉我。”年轻的房东说。

我这才开始打量他，漂亮的黑色鬈发下有一张轮廓分明的脸庞，延伸非常清澈，身材又瘦又高，只是衣服非常不相称。他穿了一身绿，绿裤子配绿上衣，估计是觉得不够绿，还加了件灰绿色的马甲，沙滩凉鞋里居然穿着红白条纹的运动袜。他真当得上“惨绿少年”这个称号了。

“我一直在等着你们，没敢睡觉，只随便穿了身衣服就来接你们了。夜里有点冷，我穿衣服的时候又没开灯，也不知道自己穿的什么。”他发现我在看他的袜子，有些不好意思，“你们要喝水吗？”

“要，谢谢。”我当时想也许他是这个宫殿里的工人或者看房子的，那个所谓的“王子”应该已经是个老头儿了吧？

惨绿男孩跑没了影，不一会儿又端着一个银盘子从楼梯上跑上来，盘子里有一个华丽的盛水器和三个玻璃杯。

“我们四个人，怎么只有三个杯子？”我注意到玻璃杯很漂亮。

“我跑太快了，有个杯子在楼梯上摔碎了。”

“啊，没事儿吧？”我是担心碎玻璃会扎伤人。

“没事儿，那个杯子也就一百多年。”他回答的完全是另一回事。

“他不会就是那个王子吧？”同事说。

我们没有想那么多，很快就都睡着了。第二天早上一睁眼，外面餐桌上就已经摆满了精美的餐具和早餐。橘汁、咖啡和各种果酱和当地的面包，还有四份煎鸡蛋。我们吃完早餐，昨晚那个男孩再次出现。这次他换了一身像样一些的衣服，头发也明显打理得服帖了很多，比昨晚看起来更帅了。

“你们睡得好吗？愿意不愿意去看看花园？”他笑起来很好看，“还是先带你们转转宫殿？”

他带着我们参观宫殿里每一个主要的房间，我们这才知道这个穿牛仔裤的年轻人就是司机所说的王子，而这座宫殿是他曾祖父的遗产。这家人在摩洛哥无人不知无人不晓，关于宫殿和这个家族的文章和视频在维基百科和所有重要网站上都可以找到。

参观完宫殿，王子又带我们去看一个花园，那里明显废弃了很久，原本的观赏亭已经只剩下黑色木头的建筑龙骨和大理石地面。各种植物疯长，却有一种独特的美感。花园边上是摩洛哥第一个发电站，现在也废弃了。

“七马，我给你看样好东西。”王子突然说，表情像个兴奋不已的小孩。他指着一棵巨大的仙人掌。

我们围过去，发现仙人掌下面有两只沙漠乌龟，一大一小，正缓缓爬行着。

“我小时候就看见过他，他原来只有硬币那么大。”王子指着其中一只菜盘大小的乌龟说，“现在我长大了，他也有孩子了。”

我笑了起来，王子一定是认错乌龟了。乌龟的生长非常缓慢，尤其是这种旱地龟。王子长大的这十几年里，乌龟不会变那么多。

“虽然我不知道你在笑什么，但是我喜欢你笑。”王子不知是尴尬还是别的原因。这句话我没当回事儿。

之后在非斯逗留的几天里，王子尽力为我们提供着各种帮助，并且每天都来我们住的蓝色宫殿露台上聊天，还经常聊到很晚。因为有时差，摩洛哥的晚上，在北京的刘兔子早就睡觉了。我有个遗憾，因为非斯的夜空太美，可相机根本拍不出那种感觉。怎么才能让刘兔子看到呢？

“你每天都看这样的夜空吗？真的好美。”我对王子说。

“从小就看，还真的没什么感觉了。”王子说，“中国的夜空也有很多星星吗？”

中国的夜空，中国的夜空是什么样子呢？我一时回答不出来。这几年，我和兔子为了生活和事业每天都很忙，我们已经好久没一起看过夜空了吧。

“明天我就回中国了。”我说，“到时候拍照片给你看。”

“你可以不走吗？”

“什么？”

“你可以不走吗？”王子很认真地说。

同伴们都悄悄地回了屋子，只留下我和王子站在露台上。

“你嫁给我。我们一起在这个宫殿里生活，每天都看这样的夜空。”

这个只有二十五岁的男孩用流利的英语说。我看见他的眼睛里有泪光，他还单膝跪下了。

“可是我已经结婚了，我的那个芬兰男人叫刘兔子。”

第二天早晨，我们辞别了王子。我请求他接受我的友谊，因为这么单纯的朋友难得。可是我必须回去见我的刘兔子。

我亲爱的王子啊，你知道吗？

刘兔子没有几千平方米的宫殿，我们的小公寓是租来的，可那是他和我一起布置的温暖的家。我们也有花园，只有不到两平方米大，但春天我们会种上薄荷、野葱和猫草，秋天石榴树会结果；我们没有古董银盘，可每晚端上来的菜肴都是两人一起在厨房里忙碌的结果；我们没有显赫的地位、丰厚的遗产和值得诉说的荣耀，可是却在过踏踏实实的生活。

王子，谢谢你的关照和爱，那是我生命里奇妙的瞬间。但这么美的夜空也很冷。我还是想回到北京，回到他温暖的怀抱，每天被他的胡子扎着醒来。生活中不只有王子和公主的梦幻，还有很多的酸甜苦辣。而我，想和这个男人一起经历。

2017年3月7日完结于　非斯古城　摩洛哥

Afterword /

闪闪发光的后记

当我们七马的朋友听说我们在一起写书的时候，大多数人会觉得夫妻俩一起写书很难。有些朋友甚至直言，这是个疯狂的计划。

可能也会有很多读者奇怪我是怎么写出来这些文章的，因为我根本不会说，更不会写中文啊。其实是因为七马做了大部分的工作，我们两人都会写故事，但七马还要翻译我写的英文。作为工作量的补偿，我画了一下小插图。翻译是一项很艰巨的工作，我父母就是说不同语言的人，所以我知道跨文化的翻译有多难。不但要翻译字面的意思，还要把感情加进去，实在是一项非常专业的工作。

翻译这本书更是不太容易，在不同语言和文化环境下长大的我和七马，逻辑和叙事方式都有极大的差异，有时候我们俩都觉得很崩溃，七马的工作量也会变得巨大。她已经做了超出双份的工作了，要写自己的部分，还要翻译我的部分。我不是个职业作家，写出来的东西很生涩，七马还需要在我的故事里做一些梳理，我很感激七马和我一起写完这本书。

通过这本书，我们比以前更了解彼此了。我们花很多时间在一起，把彼此不知道的经历告诉对方，或者重温过去的美好时光。这些美好的东西有一部分我们放在了这本书里，一部分我们藏在了心里。

我希望我对七马的爱可以在这本书里发发光，如果有些我们的字句让你感动，或者让你发笑，请记住这些都是七马的功劳。

2017年3月7日 北京

Mima / Mika